11歳《さい》のバースデー

おれのバトル・デイズ

10月7日 伊地知一秋《いじちかずあき》

井上林子・作
イシヤマアズサ・絵

くもん出版

11歳《さい》のバースデー

おれのバトル・デイズ

10月7日 伊地知《いちじ》一秋《かずあき》

春山《はるやま》 ましろ
（5月8日生まれ）

夏木《なつき》 アンナ
（8月10日生まれ）

伊地知《いちじ》 一秋《かずあき》
（10月7日生まれ）

冬馬《とうま》 晶《あきら》
（12月25日生まれ）

四季《しき》 和也《かずや》
（3月31日生まれ）

もくじ

スマイル　リップ　リップルル
スマイル　スマイル　リップルル
まっすぐ　ハート　しんじてる
しあわせ　きみが　はじめるの
きょうも　ハッピー　リップルデイ
リップ　リップ　リップップ　GO《ゴー》！

（『スマイル・リップ』主題歌より）

1 オレンジ色の花

どこからか、あまいにおいがただよってくる。

どこかなつかしい、かすかなあまいにおい。

なんのにおいだっけ、なにかの花だと思うけど、わからない。

というか、どうでもいい。

腹《はら》がへった。

二学期《がっき》になって、やっと席《せき》がえをして、最悪《さいあく》の五年三組三班《ぱん》からおさらばした。とにかく同じ班《はん》の女子ふたりがうるさくて、たまらなかった。

二学期にはいったとたん、きゅうにつるんでケッタクしだした春山《はるやま》ましろと、夏木《なつき》アンナ。ふたりして、いつもうるさく文句《もんく》をいってきやがった。

「伊地知《いちじ》、そうじ当番をさぼらないで」

「伊地知、給食《きゅうしょく》当番くらいまじめにやって」

「伊地知、班行動《はんこうどう》をみださないで、こっちまで怒《おこ》られるでしょ」

うるせーんだよ！　だまれ！

新しい班には、あまりうるさくない女子ふたりと、おれのいうことにはさからわない男子、そして一学期《がっき》も同じ班だった、デブの四季《しき》がいた。

四季和也《かずや》。軽い障《しょう》がいがあって、「たんぽぽスクール」ってところで、読み書きや運動訓練《うんどうくんれん》をしているらしい。すっげーとろくて、どんくさいやつ。

まあ、どうでもいいけど。ていうか、学校なんかどうでもいい。


四時間目。

担任《たんにん》の太田剛《おおたつよし》先生が、黒板に「十月七日　運動会」と書いた。

運動会《うんどうかい》か。よりによって、おれの誕生日《たんじょうび》じゃねえかよ。

体育委員《たいいくいいん》を中心に、来月おこなわれる運動会のことをいろいろきめることになった。五年が出る競技《きょうぎ》の段《だん》どりや、応援合戦《おうえんがっせん》の準備《じゅんび》、クラス対抗全員《たいこうぜんいん》リレーの走る順番《じゅんばん》なんかを。

クラスのやつらは、楽しそうにわきたっていたけれど、おれはかったるくてしょうがなかった。とりあえず、出る競技の確認《かくにん》だけする。

「応援合戦」どうでもいい。

「リズム組体操《たいそう》」やってらんねえ。

「つなひき」知るか。

「五年生保護者《ほごしゃ》による玉いれ」勝手《かって》にやってろ。

「五年生男子徒競走《ときょうそう》」、「クラス対抗全員リレー」、まあ、走るぐらいはやってやるよ。

まずは「クラス対抗全員リレー」の走る順番をきめることになった。

全員《ぜんいん》リレーは、各《かく》クラス男女混合《こんごう》のA《エー》チームとB《ビー》チームのふたつをつくる。三クラスあるからぜんぶで六チーム、それぞれ十八人の男女が交互《こうご》に走ってバトンをまわしていく。そしてこれが、毎年かなり白熱《はくねつ》する。

できることなら、一位《い》も二位も、五年三組のAチームとBチームがかっさらいたいところだ。負《ま》けるのは大キライだからな。

だけど、一組には運動神経《うんどうしんけい》バツグンの飛田瑠衣《とびたるい》がいる。ワンツーフィニッシュはさすがにきびしいだろう。あいつは六年より足がはやいからな。それに、おれ以外のメンバーの走りにもよるし。

クラスの女子ボスであり、飛田のふたごの妹、体育委員《たいいくいいん》の飛田瑠花《るか》が、黒板の前からいばった態度《たいど》でいってきやがった。

「伊地知《いちじ》、Aチームのアンカー走ってよ」

体育委員の意見《いけん》にはさからうな、ってかんじの目つきがむかついた。ダンスをやってるとかで、みつあみだらけのハデな髪型《かみがた》も鼻《はな》につく。だけど、

「あんた、めちゃくちゃ足はやいんだから、たのむよ」

「そうだよ、伊地知《いちじ》くんがアンカーだったら、一位《い》になれるよ！」

クラスのやつらがもりあがりだす。期待《きたい》の目がおれに集まる。

「そういえば、伊地知くんは去年《きょねん》もアンカーだったな、はやかったなあ」

太田《おおた》先生までが、もちあげるようにいう。

「しょうがねえな」

走ってやるよ。走るのはきらいじゃないからな。ていうか、これだけがゆいいつおれの得意《とくい》なことだ。

黒板に、「A《エー》チームアンカー　伊地知《いちじ》一秋《かずあき》」と書かれた。

そして、B《ビー》チームのアンカーは、サッカー部《ぶ》の高上《たかうえ》あたりがなるかと思ってたら、なんと、冬馬《とうま》晶《あきら》になった。おれのつぎに五〇メートル走のタイムがはやいやつを調《しら》べたら、こいつだったんだ。

おどろいた。こいつ、そんなに足がはやかったか？

春の体力測定《そくてい》の五〇メートル走は、たしか四季《しき》と走っていたはず……。四季があまりにもおそすぎてわからなかったのか。

それにしても、この冬馬晶ってやつは、

根暗《ねくら》で、なにもしゃべらねえし、なにを考えてるのかわからねえ。

でも、一学期《がっき》の春の遠足のとき、おれ、こいつに助《たす》けられたんだよな。最悪《さいあく》だったもと三班《ぱん》には、無口《むくち》な冬馬《とうま》と、口うるさい春山と夏木、そしてのろまの四季《しき》がいた。おれは、こいつらといっしょに班行動《はんこうどう》をとるのがイヤで、勝手《かって》にひとりで山を登《のぼ》っていった。そしたら道に迷《まよ》って、雨までふりだして、すっころんでズボンがやぶれて、パンツ一丁《いっちょう》になってしまった。弁当《べんとう》も落《お》としてしまった。思いだすのもはずかしい、超最悪《ちょうさいあく》な記憶《きおく》……。

でも、あのとき助けてくれたのが、冬馬なんだよな。四季も上着《うわぎ》をかしてくれて、おれはやぶれたズボンをかくすことができた。いいたくないけど、あのときはマジで助かった。

でも、あのときのおれは、あいつらに怒《いか》りをぶつけることしかできなかった。あの、雨がふる山道の、真《ま》っ暗《くら》なトンネルのなかで、おれは、あいつらにむかって、ただ、どなることしかできなかった――。

「それじゃあ、アンカーもきまったし、ほかのメンバーもきめてくよ！」

飛田《とびた》のドスのきいた声がひびいて、おれはハッとした。

なんでいまさら、春の遠足のことなんか思いだしてんだ、おれは……。

全員《ぜんいん》リレーのメンバーは、タイム順《じゅん》に均等《きんとう》にふりわけられることになった。

飛田は自分たちできめたいと、さんざん文句《もんく》をいいまくっていた。一位《い》をとるために、タイムのはやいやつだけでかためたチームをつくりたかったようだ。

おれもその意見《いけん》には賛成《さんせい》だった。だけど、

「そんなのおもしろくないだろう。競《きそ》ってこそ運動会《うんどうかい》は楽しいんだぞ」

太田《おおた》先生は、断固《だんこ》として、速《はや》さがかたよらないように公平なチームづくりをした。ただし、

「チーム内の作戦《さくせん》は、自分たちで立てるんだぞ」

走る順番は、チームのみんなできめるようにいった。

おれがアンカーを走るA《エー》チームには、飛田瑠花《るか》のほかに、もと三班《ぱん》の、口う

るさい春山ましろと夏木アンナ、そして、のろまな四季和也《しきかずや》がいた。

Ａ《エー》チームの作戦《さくせん》は、とにかく足のおそいやつから走って、さいごに行くほどはやいやつでかためる、というものになった。Ｂ《ビー》チームはさいしょとさいごをはやいやつでかためるらしい。第一走者が高上《たかうえ》で、冬馬晶《とうまあきら》はアンカーになった。

そして、おれの前を走るのは、飛田《とびた》になった。まあ、女子でいちばん足がはやいからな。だけど、あのハデでうるさい飛田からバトンをもらうなんて最悪《さいあく》だ。だけど、それよりもっと最悪なのは、第一走者《そうしゃ》が四季になったことだ。

こいつは、クラスのだれよりも足がおそい。はっきりいって、こいつが同じチームになった時点で、ビリ決定《けってい》だ。

くそっ、足がおそいやつなんか走るな。おれは負《ま》けるのが大キライなんだ。

飛田も、ギャーギャー文句《もんく》をいっていた。

「四季なんか、Ｂチームに行けばいいのに！」

すると、例《れい》の口うるさい春山と夏木が立ちあがった。

「ちょっと飛田《とびた》さん、いいかげんにしなよ」
感情《かんじょう》がおさえられないってかんじの、春山。
「飛田さん、あなた、自分がなにをいっているかわかってるの？」
どんなときでもクールな氷女《こおりおんな》、夏木。
ギロリとにらみかえす、飛田。みつあみだらけの髪《かみ》がへびみたいだ。
それで、四季《しき》はどんな顔をしてんだ？
前の席《せき》を見ると、四季の不安《ふあん》そうな横顔《よこがお》が見えた。あせまでかいている。
もしかして、いちばんに走るのがこわいのか？
飛田に文句《もんく》をいわれて、泣《な》きそうになっているのか？
それとも、女子にかばわれて、はずかしいのか？
おまえなんか、どんなに泣いても、くやしがっても、ビリだもんな。
笑《わら》いたくなった。
こんなとき、おれって、つめたい人間だなって思う。ひねくれてるなって思

う。だけど、ときどき本気で思う。

――学校なんかなくなれ――

うっとうしいやつらは、ぜんぶ消《き》えろって。

ああ、腹《はら》がへった。やっぱ、コンビニのおにぎり二この朝ごはんじゃ、足りねえ。

チャイムが鳴る。

「それじゃあ、つづきはまた、あとできめよう。みんな、今日はいそいで給食《きゅうしょく》を食べるんだぞ。五時間目は授業参観《じゅぎょうさんかん》だからな」

太田《おおた》先生が飛田《とびた》たちのほうを見ながらいい、みんなが給食の準備《じゅんび》をはじめだす。教室の空気がかきまぜられ、さわがしくなる。

まどのむこうから、また、さっきのあまいにおいが鼻《はな》をかすめた。立ちあがると、ガラスまどの下のほうに、星みたいに小さなオレンジ色の花が見えた。

あのにおいか。

数秒間《すうびょうかん》、足がとまった。だけど、どうでもいい。
運動会《うんどうかい》も、授業参観《じゅぎょうさんかん》も、花も、どうでもいい。
おれには、いっさい関係《かんけい》ねえ――。

2 だれだ、あのオバサン？

昼休み。

給食《きゅうしょく》をかっこんで、校庭《こうてい》にとびだしたおれは、クラスのやつらとサッカーをした。

みんな、おれにむかってドリブルをしてこなかった。スライディングもしてこねえし、さからわねえ。完全《かんぜん》にこわがっている。

サッカー部《ぶ》の高上《たかうえ》以外《いがい》、どいつもこいつもカスだった。パスミスしたやつには、あとでプロレスわざをかけてやる。チャンスボールをはずしたやつにも、ケリをいれてやる。びびってんじゃねえよ。

敵《てき》チームの高上《たかうえ》が、くやしいほどいいシュートをしやがった。ゴールネットにサッカーボールがつきささる。

三対《たい》一。

のこり時間はほとんどない。

ちくしょう、負《ま》けだ。

「つまんねえ」

おれは、そのまま高上たちをおいて校庭《こうてい》をぬけだした。

あせをかいた体に、シャツがはりつく。

すずしい秋風が、ほおにあたる。

校庭をぐるりとかこむ植木《うえき》に、星みたいに小さな、あのオレンジ色の花が見えた。目で見るよりさきに、においでわかった。

あまったるいにおい。

またこの花か……。

校門のほうから、歩いてくる親たちのすがたがちらほら見えてきた。

参観日《さんかんび》の親たちだ。

平日だってのに父親までいやがる。じいちゃんやばあちゃんまで来てるやつがいる。

だけど、おれのかあさんは来ない。来るはずがない。

なぜなら、参観日を知らせる手紙をわたしていないからだ。たとえ、どこから情報《じょうほう》がもれて知ったとしても、かあさんはぜったいに来ない。

かあさんはいま、すべてのことにおいてやる気がない。

こまかい理由《りゆう》はよくわからない。だけど、たぶん、原因《げんいん》はとうさん。

なんか、いろいろうまくいってないらしい。かあさんはなにもいわないけど、見てたらわかる。

くつばこから、うわばきをたたきおとす。

何か月洗《あら》っていないんだろう。

ほこりだらけの灰色《はいいろ》のうわばきに、足をつっこむ。

おれは、だらだらと昇降口《しょうこうぐち》にむかった。

うす暗《ぐら》いろうかを歩いていく。ろうかのかべには、ポスターや発表《はっぴょう》のまとめ、イベントのチラシがはられていた。ふだんならこんなもの目にもとめないのに、なぜか、目が勝手《かって》に見ていた。

「ろうかは走らない！」

「うがい手洗《てあら》いをしましょう！」

「あいさつはえがおで元気よく！」

「ていねいなことばをつかいましょう！」

どれもこれも、うっとうしいことばだった。

「四年生による、じゃがいもの水さいばい記録《きろく》のまとめ」

発表のまとめ文の横《よこ》に、何枚《なんまい》かの写真《しゃしん》がはられていた。大きくなったじゃがいもの葉《は》の横でピースしまくっている四年生のガキども。

あれ？　たしかこいつ、水沢優菜《みずさわゆうな》だっけ。テレビで見たことがある。芸能活《げいのうかつ》動《どう》をしてるってうわさの、有名《ゆうめい》なやつだよな。

写真《しゃしん》のなかのそいつは、ほかのやつらより明らかにきれいで、おしゃれな服《ふく》を着《き》て目立っていた。年下のくせに、自信《じしん》に満《み》ちた顔がしゃくにさわった。

じゃがいもの栽培《さいばい》は、去年《きょねん》おれもやったけど、ただただくさくって、記録《きろく》をつけるのもめんどうになって、けっきょく、くさらせてしまった。あのときのくさいにおいを思いだして、うえっとはきけがした。

となりを見ると、きらびやかなチラシと、カラフルなかべ新聞が目にはいってきた。

「『丘町《おかまち》　秋の音楽祭《おんがくさい》！』　来《きた》る十一月三日、丘町子ども文化《ぶんか》ホールにて開催《かいさい》！　三年生の如月奏太《きさらぎかなた》くんがピアノ・小学生部門《ぶもん》に参加《さんか》します！」

「丘町小学校新聞〈大スクープ！〉　快挙《かいきょ》！　『丘町　子ども将棋《しょうぎ》大会』にて、二年生の大河城太郎《たいがじょうたろう》くんが優勝《ゆうしょう》しました。今大会で二連覇《れんぱ》です！」

「丘町《おかまち》小学校新聞〈インタビュー・コーナー〉五年生のふたごのダンサー、飛田《とびた》瑠衣《るい》くん、瑠花《るか》さんが、来年三月におこなわれる『キッズダンス・コンテスト』に出場することがきまりました！」

どれもこれも、はなやかで、おどりあがる文字だった。

知るかよ！

どれもこれも、おれとはぜんぜん関係《かんけい》ないことだった。

おれは、ろうかにはられたポスターやチラシ、かべ新聞をぜんぶビリビリにやぶいてやりたくなった。

そのとき。

「かずちゃん」

ふいに名前をよばれてふりかえった。

だけど、うしろにいたのは、ぜんぜん知らない太ったおばさんだった。

だれだ、あのおばさん？

あいさつは えがおで
元気よく！

「あ、おかあさん」

見知らぬおばさんにうれしそうにかけよっていったのは、四季和也《しきかずや》だった。

一瞬《いっしゅん》、自分の名前がよばれたのかと思った。

「かずちゃん」なんて、幼稚園《ようちえん》のときによばれていたよびかたじゃねえか。

バカみたいだ。はずかしいのをとおりこして、自分に腹《はら》が立つ。

四季は、母親になにやら話しかけていた。

「おかあさん、ぼく、ぼく、運動会《うんどうかい》のリレーで、いちばんに走ることになりました」

「あら、がんばってね」

ゆったりと笑《わら》う四季の母親は、顔も体形も四季にそっくりだった。

「でも、でも、ぼく、いちばんなんて、こわいです」

「あら、そうなの」

「だって、えっと、ぼく、足がおそいから」

「おそくても、かずちゃんなりに、力いっぱい走ればいいのよ」

するど、四季《しき》の母親が、

「あら？」

いきなりおれのほうに顔をむけた。にっこり笑《わら》いかけてくる。

とつぜんのことに、おれは動揺《どうよう》してしまった。自分でも気づかないうちに、おれは四季たちをじっと見ていたみたいだ。

「かずちゃんのお友だち？」

おれはとまどった。なにもこたえられなかった。

かわりに四季が、うれしそうにおれのことを紹介《しょうかい》した。

「はい、えっと、同じクラスの友だちの、伊地知一秋《いちじかずあき》くんです」

四季の母親の顔が、うれしそうにほころぶ。

「こんにちは、一秋くん。かずちゃんのお友だちになってくれて、ありがとう。これからも、かずちゃんと仲《なか》よくしてやってね」

四季《しき》の母親は、バカていねいにおれに頭を下げてきた。

「それじゃあ、おかあさん、ちょっと太田《おおた》先生にお話があるから、またあとでね」

四季は「はい」とすなおに返事《へんじ》をして、母親に手をふった。

四季の母親は、もっさりしたトレーナーとズボンをはいていた。化粧《けしょう》もしてねえ。それに太っている。はっきりいって、おれのかあさんのほうがきれいだ。

だけど、四季の母親は、すごくやさしそうだった。いつも笑《わら》っているかんじ。

四季みたいに。

階段《かいだん》をのぼろうとした四季に、おれはいった。

「おい四季、おれとおまえって、友だちか？」

「はい」

四季がにっこり笑ってうなずく。

そのとたん、おれはなぜか無性《むしょう》に、こいつのことをいじめたくなった。

「だったら、友だちとしていってやるよ」

おれは、四季《しき》をにらみつけた。つめたい声が口からもれる。

「四季、おまえ、運動会《うんどうかい》の全員《ぜんいん》リレーがんばれよ。ぜったい一位《い》でバトンをまわせよ。もし、ビリなんかになったら、ぜってーゆるさねえからな。ぼこぼこになぐるからな」

四季のデブ顔がこわばった。めがねの奥《おく》の小さな目がうろうろ動《うご》いて、明らかにこまった顔になる。いいきみだ。

そのとき。

「なにやってんのよ！」

いきなり階段《かいだん》の上から大きな声がした。

「和也《かずや》くんをいじめるな、伊地知《いちじ》のバカ！」

見あげると、階段のおどり場から、春山《はるやま》がどなっていた。となりで夏木《なつき》もにらんでいる。ふたりは、ドスドスと階段をおりてきた。

「なんだ、てめえら」

おれは、春山と夏木をにらみかえした。

「いま、和也《かずや》くんをいじめてたでしょ！　いつもいつも、いやなことばっかりしないでよ！」

春山がどなる。

「いじめてねえよ」

「うそ、和也くんこまった顔してるもん」

「おれは、四季《しき》にリレーがんばれっていっただけだよ」

四季が、あせをかいた顔でかすかにうなずく。

「四季くん、ほんとう？」

夏木が冷静《れいせい》な顔できく。

四季はめがねをおしあげて、たどたどしくこたえた。

「えっと、えっと、リレー、一位《い》でバトンをまわせって……、それで、えっと、ビリになったら、なぐるって……」

四季《しき》は、びびりながらもいった。四季のことばをきくやいなや、春山のとんがっていた目がさらにつりあがった。

「ビリになったらなぐる？　なにいってんの？　伊地知《いちじ》、最低《さいてい》！　バカじゃないの？　和也《かずや》くんは、いつもがんばってるんだからね。自分の足がはやいからって、ほかの人にまで一位《い》になれなんていうな！　伊地知のバカ、最低、バカ！　大バカ！」

いってることは、バカと最低ばっかりだったけど、女ってどうしてこんなにしゃべるんだ。うっとうしくてたまらない。

だけど、こいつらには弱みをにぎられている。春の遠足のときのパンツ一丁《いっちょう》事件《じけん》……。あれがあるから、おれはこいつらを徹底的《てっていてき》に打《う》ち負《ま》かせねえ。

やっとのことで春山がだまると、こんどは夏木が口をひらいた。

「伊地知、あんた、四季くんに一位になれっていうからには、あんたも、ぜったい一位《い》になるんでしょうね？　たとえ前の人がビリで走ってきたとしても、すべてのアンカーを追《お》いぬいて、ぜったい一位になるんでしょうね？」

夏木らしい、とてつもなくいやみな言いかただった。

おれはぐっとつまった。

いくら足のはやいおれだって、ビリから一位になるのはむずかしいだろう。アンカーには、クラスでいちばん足がはやい、つぶぞろいのやつらが選《えら》ばれている。とくに、一組の飛田瑠衣《とびたるい》をぬかせる自信《じしん》は、正直いってない。くそっ。

「とにかく、和也《かずや》くんをいじめるな！」

春山と夏木がぴったり息《いき》をあわせてどなった。口のひらきかたまでいっしょだった。

そのとき、どこからかパチパチパチと拍手《はくしゅ》がきこえてきた。

「ブラボー！」

なんだ？

おれは、あたりを見まわした。

「おじょうさんたち、いいねえ」

その声は、階段《かいだん》の上からきこえてきた。

最上階《さいじょうかい》までつづく、階段の手すりのすきまに女の人の顔が見えた。先生、ではなさそうだ。

「おじょうさんたちみたいな子、すきだわ」

それは、見知らぬオバサンだった。

見知らぬオバサンは、春山と夏木に、ぶあついまつ毛でバチッとウインクをおくってきた。顔しか見えないけど、うねうねの長い黒髪《くろかみ》が魔女《まじょ》みたいだった。

春山と夏木は、おどろいた顔で目をパチパチさせていた。四季《しき》もバカみたいにぽかんとしている。

「そこの少年」

見知らぬそのオバサンは、にやりと笑《わら》うと、おれのことをじっと見つめた。一度《いちど》見たら目がはなせなくなるような、強いまなざしだった。

「いい？　おぼえておきな。人をいじめる人間っていうのは、弱い人間だよ。強い人間は、けっして人をいじめない。どんなにいやなことがあってもね。それどころか、いやなことがあっても、人にやさしくできるんだよ」

そういうと、その見知らぬ魔女《まじょ》みたいなオバサンは、びしっとおれを指《ゆび》さした。

「で、あんたは弱い人間？　それとも、強い人間？」

おれは、かたまったまま動《うご》けなくなった。なにもいいかえすことができなかった。

数秒後《すうびょうご》、そのオバサンは「それじゃ」と、ひらりと手をふって消《き》えた。階段《かいだん》のむこうにひっこんだだけなんだろうけど、消えたように見えた。

チャイムが鳴った。

3　弱い人間、強い人間

そのあとの授業参観《じゅぎょうさんかん》はうわのそらだった。

おれは、ざわつく教室のいちばんうしろのまどぎわの席《せき》で、国語の授業をぼんやりきいていた。

さっきの魔女《まじょ》みたいな見知らぬオバサンのことばが、ずっと頭のなかにこびりついてはなれなかった。

いったいなんなんだよ、さっきのオバサンは。

——人をいじめる人間っていうのは、弱い人間だよ——

おれは、四季《しき》をいじめた。

だったら、おれは弱い人間なのか？

――強い人間は、けっして人をいじめない。どんなにいやなことがあってもね。それどころか、いやなことがあっても人にやさしくできるんだよ――

うそだろ。いやなことがあったら、がまんなんかできねえよ。ていうか、がまんなんかしねえし、やさしくなんか、できるわけねえだろうが。だいたい、人をいじめないってことが、なんで強いってことになるんだよ。それじゃあ、人をいじめない四季《しき》は、おれより強いっていうことか？　あの、勉強《べんきょう》もできない、運動《うんどう》もできない、へにゃへにゃしたやつが。

信《しん》じられねえ。

――で、あんたは弱い人間？　それとも、強い人間？――

うるせえ！

なんでそんなことを、あんなオバサンにいわれなきゃならないんだよ。

おれは強いんだよ！

ケンカも強いし、力だってある。だれかに泣《な》かされることもねえ！

弱いやつはかっこ悪《わり》ぃ。泣くやつもかっこ悪ぃ。おれは、そんなかっこ悪ぃことはしねえ。おれは強いんだ。金さえあれば、ひとりでだって生きていける。

親がいなくても、金さえあれば。もうすぐ十一歳《さい》にもなる。

はやく、はやく、おとなになってやる。強いおとなに。

とうさんより、強いおとなに……。

「それでは、教科書を読んでもらおう。だれからあてようかな」

太田《おおた》先生が、生徒《せいと》たちを順番《じゅんばん》にあてだした。四季《しき》があてられた。

四季は、たどたどしく教科書を読みはじめた。つっかえつっかえ、漢字《かんじ》の前にくるとかならず迷《まよ》い、時間をかけて三行ほど読んだ。

はなれた席《せき》から、春山《はるやま》が心配《しんぱい》そうに四季のことを見ていた。あいかわらず、お人よしなやつだ。

ふりかえるつもりなんかなかった。だけど、ふりかえっていた。

うしろのかべの前にならぶ、参観《さんかん》に来た親たちを。

もちろん、おれのかあさんがいないのはわかっている。そんなこと、もともと期待《きたい》なんかしていない。ただ、確認《かくにん》したくなっただけだ。

もっさりしたトレーナーとズボンをはいた太ったおばさんが、どんな顔をしているのか。

うそだろ？

四季《しき》の母親は、泣《な》きそうな顔でほほえんでいた。

びびった。

なんでそんな顔してんだよ。バカじゃないか？　ただ教科書を読んだだけだろ、そんなにうれしいか？

そのとき、ろうかから足音がひびいてきた。

だれかがおくれてやってきたらしい。そっと教室のドアがひらく。

え？

夢
夢
夢

おれは、思わず声をあげそうになった。

「すみません」といいながら、ドアをあけてはいってきたのは、さっき、おれにへんなことをいった、あの見知らぬ魔女《まじょ》みたいなオバサンだった。

「あっ！」

春山が声をあげた。夏木《なつき》も見ている。あいつらも気がついたみたいだ。

さっき会った見知らぬ魔女みたいなオバサンは、うねうねの長い黒髪《くろかみ》に、ビシッとした黒いズボンのスーツを着《き》ていた。ほぼふだん着すがたの母親たちがならぶ教室で、そのかっこうは目立っていた。

なんであいつがここに来てるんだ？　いや、ここに来てるってことは、だれかの母親ってことだよな。いったい、だれの母親なんだ？

あんな魔女みたいなオバサン、いままで見たことないぞ。

教室を見まわしても、だれの母親かはわからなかった。でも、授業《じゅぎょう》がおわったら子どもに会いにいくだろう。そうしたらわかるかもしれない。

けれども、魔女《まじょ》みたいな見知らぬオバサンは、授業《じゅぎょう》がおわる前に、また教室のドアからそっとぬけだして行ってしまった。あわただしいオバサンだ。まどをのぞくと、校門のほうに走っていく黒いうしろすがたが見えた。ふわりと、また、あのあまったるい花のにおいがした。

けっきょく、さっきの見知らぬ魔女みたいなオバサンが、だれの母親かは、わからなかった。

放課後《ほうかご》。

高上《たかうえ》たちにサッカーをやろうとさそわれたけど、ことわった。べつに、はやく家に帰りたいわけじゃなかったけど、なんとなくあそぶ気分でもなかった。校門をけって、とっとと学校をあとにしたら、通学路《つうがくろ》の数メートルさきに、四季《しき》と四季の母親が歩いているのが見えた。

よりによって、こいつらと帰り道がいっしょになるなんて、最悪《さいあく》だ。

しかも四季《しき》は、母親と仲《なか》よく手をつないで歩いていた。

信《しん》じられねえ、五年にもなって、それはありえねえだろ。

ふたりの歩く速度《そくど》はすさまじくおそくて、すぐに追《お》いつきそうになった。とっととぬかせばいいんだろうけど、もし、四季の母親にまた声をかけられでもしたらめんどうくさい。おれは、前を歩く四季たちに近づきすぎないよう、じりじりと歩いた。

強い秋風がふいて、きゅうに肌寒《はだざむ》くなる。

そろそろ、あったかい服《ふく》を出さないとな。

ふと、春の遠足のときに、四季《しき》にかりた上着《うわぎ》のことを思いだした。

あの日、遠足から帰ったおれは、ころんでやぶれたズボンをこっそりすてた。パンツ一丁《いっちょう》になってしまったことを、かあさんに知られたくなかったからだ。

四季の上着もこっそりせんたくして、四季がいないときに教室のつくえの上においておいた。そしたら、席《せき》にもどってきた四季のやつ、上着に気づいたあと、おれのほうをむいてにっこり笑《わら》ったんだ——。

信《しん》じられねえ、なんで笑えるんだ？

おれ、礼《れい》もいってねえのに。遠足のときだって、四季にそうとうイヤなことをいった。くれようとしたばんそうこうも、いちごもことわった。四季なんか、同じ班《はん》じゃなかったら相手《あいて》にもしねえやつなのに。バカだし、勉強《べんきょう》も運動《うんどう》もぜんぜんできねえし、まわりに助《たす》けてもらわないとできないことばっかだし。

でも、四季は人をいじめない。そして、それは強いことらしい。

おれは人をいじめる。そして、それは弱いことらしい。

見知らぬ魔女《まじょ》みたいなオバサンは、そういった。

納得《なっとく》いかねえ。

おれは、強い。

強い人間だ。

はやくおとなになって、金をかせいで、これからひとりで生きていくんだ。

ぜったいに――。

それなのに、通学路《つうがくろ》のとちゅうで、また例《れい》のあまったるいオレンジ色の花のにおいがただよってきた。しかも、目の前には、手をつないだ四季《しき》と四季の母親がいやがる。

ぜったい強くなるんだと、心をかたくしているのに……。

決意《けつい》がゆらぎそうになる。

おれは、ぐっと息《いき》をとめて下をむき、地面《じめん》をふみつけた。

4　だれにもいえないひみつ

家に帰ったら、かあさんは出かけていていなかった。
いいかげん食料《しょくりょう》がなくなったから、買いものに行ったのかもしれない。
とうさんとは、最近《さいきん》会っていない。仕事《しごと》がいそがしいといって、あまり家に帰ってこない。家に帰ってきているのがわかるのは、夜中に、とうさんとかあさんがどなりあいのケンカをしているときだけ。
おれは、クローゼットの奥《おく》から、冬服《ふゆふく》をおしこんでるケースをひっぱりだした。去年《きょねん》買ったトレーナーを着《き》たら、小さくなっていた。いや、おれがでかくなったのか。長ズボンのたけも短《みじか》くなっていた。

かっこ悪《わり》い。

だけど、肌寒《はだざむ》いから、おれはたけの短《みじか》くなった長ズボンをはいて、きつくなったトレーナーにくるまった。そして、きのう食べのこした、しけったポテトチップスをかじりながら、六時半になるのをまった。

六時半になると、おれはリビングのテレビをつけた。

『スマイル・リップ』のアニメがはじまる。

おれのひそかな、一週間に一度《いちど》の楽しみ。

『スマイル・リップ』なんて、明らかに女子むけのアニメを見ているなんて、クラスのやつらに知られたら死《し》ぬほどはずかしい。パンツ一丁《いっちょう》にヒッテキするはずかしさだ。だけど、おれはこのアニメが大すきだった。さいしょの歌もおわりの歌も、じつはうたえる。

だれにもいえないひみつだ。

山もりに散《ち》らかったせんたくものにもぐりこんで、ジャンパーをふとんがわりに、おれはテレビの前にねころんだ。

テレビ画面《がめん》のなかで、魔法使《まほうつか》いの美少女戦士《びしょうじょせんし》リップが、おとものコウモリのミラーとともに、今日もシャドウ・アイひきいる悪《あく》の組織《そしき》をバッタバッタとたおしていく。

リップってのは、口に魔法のリップをぬったら魔法の美少女戦士に変身《へんしん》して強くなるんだけど、はっきりいってありえねえ設定《せってい》だよな。だけど、このリップってやつ、どんなときでもいっしょうけんめいで、やさしくて、ぜったいへこたれないんだ。おっちょこちょいだし、魔法もよくつかいまちがえるけどな。

ほかに、トーマっていうやつも出てくるんだけど、そいつ、リップと同じ六年生で、クラスも同じなんだけど、正直、こんな小学生いねえだろってかんじのおとなびたやつなんだ。だけどリップは、そいつのことがすきなんだ。頭がよくて、運動《うんどう》もできて、ものしずかでミステリアス。しかも、リップがピンチのときには、ちゃんとかけつけて、さりげなくリップを助けてくれるからな。

だけどリップは、そのことにぜんぜん気がついていないんだ。自分の正体がバレてることも知らないんだ。トーマも、リップの正体が美少女戦士《びしょうじょせんし》だってことを知ってるくせになにもいわないんだ。いつおたがいのひみつがバレるのか、おれはけっこう気になっている……。

暗《くら》くなったリビングで、テレビの画面《がめん》だけが光っていた。

おれは、電気もつけず、せんたくものにもぐったまま、『スマイル・リップ』のアニメを見つづけた。

テンションの高い音楽とともに、悪者《わるもの》がたおされて、今日も事件《じけん》が解決《かいけつ》した。リップが魔法《まほう》のリップをしまい、変身《へんしん》をとく。今日もこっそりリップを助《たす》けたトーマが、ものかげから静《しず》かに立ちさっていく。世《よ》のなかに平和《へいわ》がもどり、リップはコウモリのミラーとともに家に帰っていく。家では、幼稚園生《ようちえんせい》のかわいい弟ロップがおもちゃであそんでいて、ママがあたたかいシチューをつくってまっている。シチューはゆげが立っていて、クリーミーで、たまらなくおいしそうだった。そしてパパが仕事《しごと》から帰ってくる。パパの手には、おみやげのいちごケーキの箱《はこ》がにぎられている。おなかがペコペコのリップとミラーは、大よろこび。

おれは、おわりの歌がはなやかに流《なが》れていく――。

おれは、おわりの歌の映像《えいぞう》に流れるリップの家族《かぞく》や、リップの家のなかのようすを、いつもすみずみまで見てしまう。

そして思う。

こんな家族、いるのかよって。

カラフルで明るい外国風のおしゃれな家。いつもにこにこ笑《わら》って、ふりふりのエプロンをつけたかわいいママ。おれは、かあさんがエプロンをつけたすがたなんか、ほとんど見たことがない。

それに、休みの日はいつも子どもとあそびたがるリップのパパ。おれのとうさんなんか、あまり家にいないし、いてもかあさんとケンカばかりしている。

あそんだ記憶《きおく》もはるか昔《むかし》のことだ。弟のロップも、こんなかわいい弟、この世《よ》にいるのかよってぐらいすなおなガキだった。おれの家とは、ぜんぜんちがう。

こんな家族《かぞく》、アニメのなかの世界《せかい》だからいるんだよな。

じっさい、こんな家族いるわけねえよな。

だいたい魔法使《まほうつか》いの美少女戦士《びしょうじょせんし》じたい、いるわけねえもんな。

『スマイル・リップ』のアニメがおわって、いくつものコマーシャルが流《なが》れていく。最近《さいきん》よく流れるシチューのコマーシャルに、思わず見いってしまった。

リップの家のシチューを、また思いだす。

ああ、おわってしまった。一週間に一度《いちど》の楽しみがおわってしまった――。

またきゅうに肌寒《はだざむ》くなって、おなかがグーッと鳴った。テレビを消《け》す。

かあさんはまだ帰ってこない。

いつ帰ってくるかわからないし、駅前《えきまえ》のコンビニに行くか、ファーストフードに行くか、デパ地下の試食品《ししょくひん》コーナーで豪華《ごうか》なものでも食べに行こうかと思っていたら、玄関《げんかん》のとびらがひらく音がした。

かあさんだった。

かあさんは、大量《たいりょう》の荷物《にもつ》をかかえていた。レトルト食品《しょくひん》にインスタントラーメン、ビール缶《かん》のセットがスーパーのふくろからすけて見えた。

「ドライカレーでいい？」

おれの返事《へんじ》をきく前に、かあさんは冷凍《れいとう》食品のドライカレーのふくろを電子レンジにつっこんだ。缶ビールをあけて飲《の》みだす。

「あったまったら、勝手《かって》に食べて」

「おれ、ドライカレーより、べつのものが食べたい」

「べつのものって？」

「……シチューとか」

かあさんの眉間《みけん》にしわがよる。

「シチュー？　もうあったためたんだから、今日はドライカレーでいいでしょ。わずらわせないでよ」

かあさんは、ビールを飲《の》みながら、またぐちぐちと話しだした。

「おとうさん、今日も帰らないみたい。こんどの土曜日も仕事《しごと》だって。でも、おとうさんが家にいないと、ある意味《いみ》、楽よねえ」

電子レンジがピーっと鳴る。

おれはなにもこたえず、山もりのせんたくものをふんで、電子レンジに近づいた。

ほこりだらけの床《ゆか》。ぐちゃぐちゃの棚《たな》。

くもったまどガラス。よごれたテーブルと食器《しょっき》。

「あのさ、そろそろ長そでが着《き》たいんだけど」

「そんなの、自分で出しなさいよ」

おれは、うでをあげて、短《みじか》くなったトレーナーと、きつくなったジャンパーを見せた。

「大きい服《ふく》がほしいんだけど」

かあさんがため息《いき》をつく。

「やだわ、一秋《かずあき》もおとうさんに似《に》て大きくなるのかしら……、いやだわ」

うらめしそうに、かあさんがおれを見つめる。

「……おとうさんみたいな、弱い人間にだけはならないでよ……」

かあさんは、いつもの口ぐせをつぶやいた。

かあさんだって、弱い人間のくせに。

「お金あげるから、服《ふく》は自分で買ってきて。おかあさんしんどいの。わずらわせないで」

おれは、かあさんがテーブルにおいたお札《さつ》を、たけの短《みじか》くなった長ズボンのポケットにねじこんだ。

ならねーよ、弱い人間になんか。おれは、強いんだ。

強いんだっ――。

5 やっちまった

気温《きおん》が下がって、すっかり秋らしい空気になった。

学校が、運動会《うんどうかい》のふんいきにつつまれていく。

クラスの応援旗《おうえんき》が教室のうしろに立てかけられ、応援合戦《がっせん》の練習《れんしゅう》にも熱《ねつ》がはいってきた。体育《たいいく》の授業《じゅぎょう》以外《いがい》の時間も、リズム組体操《くみたいそう》の練習が組まれるようになった。校庭《こうてい》にかざるもの、演技《えんぎ》でつかうもの、応援合戦のポンポンなんかもつくられていった。

浮《う》き足《あし》立ったふんいきに、どのクラスもざわついていた。

うかれるのはすきじゃないが、おれとしては、「徒競走《ときょうそう》」と「全員《ぜんいん》リレー」

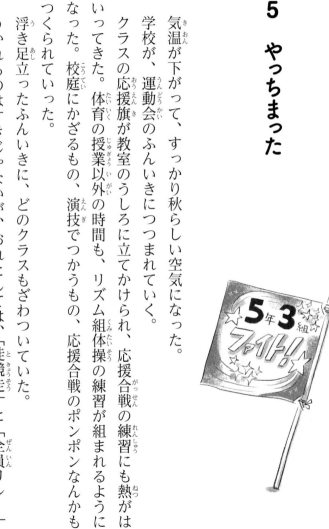

だけはがんばるつもりだ。

「リズム組体操《くみたいそう》」も「つなひき」もかったるいし、「応援合戦《おうえんがっせん》」も、だれも応援する気になれなかった。ふりつけをおぼえて大声を出すことを競《きそ》うなんて、バカらしくてやってられねえ。

運動《うんどう》はすきだけど、運動会の練習《れんしゅう》は大きらいだ。あれこれ指示《しじ》を出されて、「列《れつ》をみだすな」「しっかり行進しろ」なんていわれると腹《はら》が立つ。なんで楽しくもないのに、リズムにのっておどらなきゃならないんだ。組体操なんか、いったいなんの意味《いみ》があるんだ。めんどくせえだけだ。

そんなふうに、走る種目以外《しゅもくいがい》だらだらしていたおれは、運動会の練習中、何《なん》度《ど》も先生に怒《おこ》られた。口うるさい春山《はるやま》と夏木《なつき》からも、ことあるごとに文句《もんく》をいわれた。

ほんと、うるせーよ、みんな。

運動会《うんどうかい》と誕生日《たんじょうび》が、来週末《らいしゅうまつ》にせまってきた。

いちばん腹《はら》のへる、四時間目。

学年全体での通し練習《れんしゅう》で、五年生の全クラスが校庭《こうてい》に集《あつ》まっていた。

ちゃんとそろわない「リズム組体操《くみたいそう》」に、先生たちはカリカリしていた。

とくに三組は、四季《しき》がいるからたいへんだった。

本人はいっしょうけんめいなんだろうけど、なかなかふりをおぼえられないし、組体操の三段《だん》ピラミッドもこわがってばかりいた。太っているからいちばん下になったのに、ぜんぜん支《ささ》えにならない。しょうがねえから、だれものらない位置《いち》にかがむだけにしてもらったのに、ふらふらしてばっかりだった。

そして四季は、「徒競走《ときょうそう》」も「全員《ぜんいん》リレー」も、すべてビリだった。

「クラス対抗《たいこう》全員リレー」で、スタートからビリになるのは致命的《ちめいてき》だった。どれだけ、ほかのやつらががんばっても、アンカーのおれにバトンがまわってくるまでに、二位《い》や三位まで順位《じゅんい》をあげることは、ぜんぜんできなかった。

せめて四位《い》くらいにはあげてほしいのに、四季《しき》はビリになるだけじゃなく、挽《ばん》回《かい》のしようもないほど大差《たいさ》をつけられていた。

これじゃあ、いくらアンカーのおれが超《ちょう》フルスピードで走っても、一位にはなれなかった。ほかのクラスのアンカーも足がはやいやつらばっかりだし、こんなに大差《たいさ》をつけられた状態じゃ、一組の飛田瑠衣《とびたるい》をぬかすことなんて、ぜったいできない。冬馬晶《とうまあきら》さえぬかせないんだ。これにはビックリだった。

大差があるとはいえ、冬馬のやつ、静《しず》かなくせしてなかなかに足がはやい。飛田瑠衣に追《お》いつくのはさすがにきびしいみたいだけど、冬馬のいるB《ビー》チームは、たいてい二位、悪《わる》くても三位だ。それにくらべて、おれたち五年三組A《エー》チームは、いつもビリ。よくて五位のブービー賞《しょう》しかとれなかった。

ちくしょうっ！

おれは、くやしくていらいらしていた。

朝ごはんを食べていないのも、いらだちの原因《げんいん》だ。

今日は、ねぼうしてコンビニによれなかった。

「リズム組体操《くみたいそう》」の練習《れんしゅう》で、先生に怒《おこ》られまくったことにも腹《はら》が立っていた。「全員《ぜんいん》リレー」の練習では、四季《しき》だけじゃなく、バトンを落《お》としたやつらにもむかついた。

おまえら、おれの足をひっぱってんじゃねえよ。ビリでゴールする気持ちがどんなものかわかるか？　はずかしいことは大キライだ。負《ま》けるのは大キライだ。おれがビリになるなんて、ぜったいありえねえことなのに。

ぜんぶ、四季のせいだ！

午前中の練習がおわって、みんながわいわいと教室にもどっていく。

全体練習だったから、くつばこも昇降口《しょうこうぐち》もろうかも、あせばんだ空気と人でごったがえしていた。

そんな、こみあったろうかのとちゅうで、おれはふと耳をそばだてた。

ふだんなら人がしゃべっていることなんか、どうでもいいのに、思わず聞き耳を立ててしまった。春山と夏木と四季《しき》の会話だった。

「春山さん、『スマイル・リップ』七巻《かん》まで読んだよ」

夏木のクールな声に、春山のはしゃいだ声が返事《へんじ》をする。

「ほんとう？　すっごく、すっごく、おもしろかったでしょ？」

「うん、おもしろかった」

「あ、あの、それ、ぼくも、知ってます。テレビでやってる『スマイル・リップ』でしょ？」

「和也《かずや》くんも見てるの？」

「はい、はい、ぼく、コウモリのミラーがすきです」

わきあいあいってかんじの会話だった。

「ぼくも、えっと、えっと……、リップちゃんみたいに、魔法《まほう》がつかえたら、リレーではやく走れるのにな……」

四季《しき》が夢見《ゆめみ》るようにいいだす。

バカか、おまえ。

魔法《まほう》なんて、そんなものあるわけねえだろ。あれはアニメの世界《せかい》の話だろ。けれども、春山は大きくうなずいて、両手《りょうて》をいのるように組んだ。

「わかるよ、和也《かずや》くん。リップちゃんみたいに魔法がつかえたらいいよねー。あたしもよく考えるもん。もしも魔法がつかえたら……って。もし魔法がつかえたら、スポーツ万能《ばんのう》になりたいし、勉強《べんきょう》もできるようになりたい。それに、お金持《かねも》ちになりたいし、かわいくなりたいし、すっごい力で、こまっている人たちも助《たす》けたい。もう、いろいろいっぱい考えちゃう！」

「ぼくも、ぼくも……、魔法がつかえたら、えっと、えっと……、ポケット・ロボスターがほしいです」

四季がのんきに、うれしそうにいう。

なにいってんだ、こいつら。

まじで大バカだな。

するると、こしに手をあてた夏木が、あきれた声を出した。

「あのねえ、あんたたち、この世《よ》のなか、努力《どりょく》なしにできることなんて、なにひとつないのよ。足がはやくなりたかったら、走る練習《れんしゅう》をしなきゃダメ。勉強《べんきょう》ができるようになりたかったら、がんばって勉強しなきゃダメ。不得意《ふとくい》なことは、がんばらなきゃできるようにならないのよ」

春山が口をとがらす。

「アンナがそれをいう？　春の遠足のとき、山に登《のぼ》るのをいやがって、こっそりさぼろうとしたくせにー」

「そ、それは昔《むかし》のことでしょ、わたし、夏休みは、苦手《にがて》な水泳《すいえい》、がんばったんだから」

「さいごのほうだけねー」

軽口《かるくち》をたたきあう春山と夏木。そんなふたりを楽しそうにながめる四季《しき》。

夏木が、大きなせきばらいをした。

「とにかく、魔法《まほう》なんてこの世《よ》にはないの。人間、だいじなのは努力《どりょく》よ！」

冷静《れいせい》かつ、まっとうな意見《いけん》だった。

「もう、アンナはー」

春山が、まじめな顔をくずさない夏木のわき腹《ばら》をくすぐりだした。

「夢《ゆめ》がなさすぎるんだからー。もしも魔法がつかえたらって話くらい、楽しくしようよー。人間、努力しなきゃいけないことくらい知ってるよー。おかあさんみたいなこと、いわないでよー」

「わっ、やめてよ、春山さんのバカ」

いつもクールな氷女《こおりおんな》・夏木が、体をよじって声をあげて笑《わら》いだす。

すると、四季《しき》が、なにかを思いだしたようにしゃべりだした。

「あ、あ、あの、えっと、ぼく、ぼく、努力《どりょく》してます。夕方、家のまわりを、おかあさんといっしょに走ってます」

くすぐりあいながら、春山と夏木が顔をあげた。

「え？　そうなの？」

「四季《しき》くん、走る練習《れんしゅう》をしてるなんて、えらいね」

四季がうなずく。

「は、はい。えっと、リレーで、ぼく、みんなにめいわくかけてるから……。はやく走れるようにって……」

おれは、さけびそうになった。

まじかよ？

それであのノロさ？

どうやら四季《しき》は、リレーのために走る練習《れんしゅう》をしているみたいだ。だけど、その努力《どりょく》は少しも結果《けっか》にあらわれていない。はっきりいってムダな努力だ。

それなのに春山は、「えらい！ えらい！」と、四季のことをほめたたえた。

夏木も「四季くん、がんばってね」と応援《おうえん》している。

四季は、顔を赤くした。

「えっと、じつは、おかあさんも……、玉いれの練習をしてるんです」

「玉いれの練習？ ああ、五年生の親たちが出る種目《しゅもく》だよね」

「家でどうやって練習するの？」

春山と夏木が興味《きょうみ》しんしんにきく。おれも、思わず耳をそばだてた。

玉いれなんて、家で練習できるのか？

「えーっと、えっと……、せんたくかごを、階段《かいだん》の上において、それで……、えっと、くつしたをまるめて、投《な》げるんです」

「せんたくかご？」

「くつした？」

四季《しき》の説明《せつめい》に、春山と夏木はおどろいたり、笑《わら》ったり、なるほどと、感心《かんしん》しまくりだった。

「すごいアイデアね」

「和也《かずや》くんのおかあさん、きっと運動会《うんどうかい》で大活躍《だいかつやく》するね！」

四季が、にっこり笑《わら》う。

「はい、はい、おかあさん、がんばってるんです。えっと、だから、ぼくも、がんばるんです」

「バッカじゃねえの！」

おれは、四季にむかってさけんでいた。

春山と夏木がふりむく。

しまった、と一瞬《いっしゅん》思ったけど、口がとまらなかった。

「たかが運動会に、どんだけはりきってんだよ。おまえらバカか。だいたいおまえ、家で練習《れんしゅう》してるっていうけど、ぜんぜんはやくなってねえじゃねえか。リレーもいつもビリだしよ！　なにムダなことやってんだよ。おまえも、おまえの母親もマジでバカだな！」

条件反射《じょうけんはんしゃ》のように、春山と夏木が、おれのことをギロリとにらんだ。

なんだよ、やるのか。

四季《しき》は、ただおどろいた顔でまばたきしていた。

ほんと、うっとうしくてたまらねえ。

なんでこんな、なにもできねえ、足もおそい、勉強《べんきょう》もできねえ、弱い、こんなやつが――。

こんなやつが、なんで――。

「おまえなんか、リレーに出るな！　いや、運動会《うんどうかい》じたい出るな！」

大声でどなりまくっていた。

「伊地知《いちじ》！」

「やめなよ!」

春山と夏木がどなりかえす。四季《しき》は目を見ひらいたままふるえていた。ひたいにあせがういている。なにもいいかえしてこない。なぐってもこない。

やっぱこいつ、おれより弱いじゃねえか。

そうだよ、こいつがおれより強いはずねえんだよ。

「四季、おまえ、もし運動会《うんどうかい》に出たかったら、リップにでもおねがいして、魔《ま》法《ほう》で足をはやくしてもらってから来いよな」

春山が、おれの顔をまじまじと見つめる。

「リップ? あんた、いまリップっていった?」

夏木も、おどろいた顔でおれを見ている。

「伊地知《いちじ》、あんたも『スマイル・リップ』のこと知ってるの? へえー」

やばい。

このおれが、魔法の美少女戦士《びしょうじょせんし》リップのことを知っているなんてことがばれたら、はずかしい、やばすぎる。

「知らねえよっ！　おまえらがさっき話してたのがきこえたんだよ！　おまえらむかつくんだよっ!!　うるせーんだよっ!!」

とめられなかった。

自分がなにをしているのかわからなかった。

腹《はら》のなかで、なにかが爆発《ばくはつ》して、体が半回転《はんかいてん》して、右手に、ぐにゃりとした感触《かんしょく》がして――。

おれは、四季《しき》のほおをなぐっていた。

「キャー！」

「四季くん！」

春山と夏木がさけび、しりもちをついた四季にかけよる。四季は、わけがわからない顔で、目をしばたいていた。

「和也《かずや》くん、だいじょうぶ？」

やっちまった。

だけど、手がとまらない。一瞬《いっしゅん》のうちに、また、にぎりこぶしをにぎってい
た。もう、なにもかもめちゃくちゃにしてやる！

だけど、うでが動《うご》かなかった。だれかが、おれのうでをおさえていた。ふり
むくと、冬馬晶《とうまあきら》がいた。

なんだよ、どこからわいてきたんだよ。

「はなせっ！」

冬馬は、だまったまま、うでをはなさなかった。

「わたし、先生よんでくる！」

夏木がさけんで、かけだした。

「なんてことするの！　伊地知《いちじ》のバカ！　最低《さいてい》！　大バカ！」

春山が何度《なんど》もおれをののしった。四季《しき》は泣《な》きもせず、ただおどろいていた。

やっちまった……。

ろうかのむこうから、夏木と太田《おおた》先生がものすごいいきおいで、かけてきた。

太田先生は、四季《しき》のようすを見るとすぐに保健室《ほけんしつ》に行くようにいい、春山と夏木がささえるようにしてつれていった。

おれは職員室《しょくいんしつ》につれていかれ、春の遠足で班行動《はんこうどう》をみだしまくったときの何《なん》倍《ばい》もきびしく説教《せっきょう》された。だけど、太田先生のことばなんか、まったく耳にはいらなかった。

おれはなにも考えたくなかった。

なにもかんじたくなかった。

ただ、ものすごく腹《はら》がへっていた。

給食《きゅうしょく》の時間のとちゅうで、四季は保健室からもどってきた。

四季の左ほおには、シップがはられていた。シップのにおいは、おれのところまでただよってきて、鼻《はな》がツンとした。

おれは、四季《しき》にあやまるようにいわれた。かたちだけあやまった。

「なぐってすみませんでした」

「あんた、ほんとうに悪《わる》いと思ってるの？」

夏木が、おれをにらみつけた。

「ぜんぜん心がこもってないよ！」

春山も、かみつくようにいった。

あたりまえだ、心なんかこめてねえよ。

四季は「だいじょうぶです……」と、小さな声で返事《へんじ》をした。

太田《おおた》先生はしぶい顔のまま「二度《にど》としないように」と重々《おもおも》しくいった。

春山と夏木は、一生ゆるさないぞという顔で、さいごまでおれをにらんでいた。

おれは、かさかさの自分の手のこうを、ただ見つめていた。

6 ウチイリ

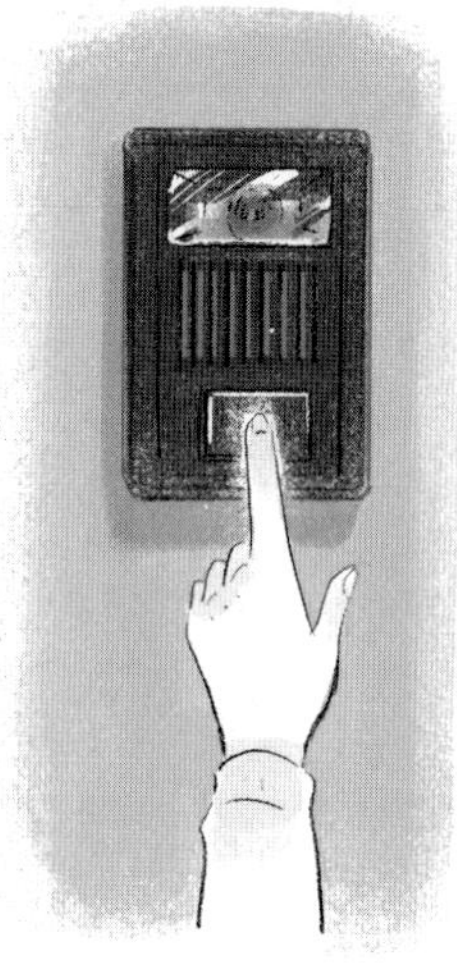

家に帰るとめずらしいことに、かあさんがいた。

まさか、おれが四季《しき》をなぐったことを、太田《おおた》先生がかあさんに連絡《れんらく》したんだろうか？　いや、かあさんはとうさんからの電話以外《いがい》出ない。めんどくさがって、よく居留守《いるす》をつかっている。連絡がいってるはずがない。

おそるおそるリビングにはいると、かあさんは、散《ち》らかったソファの上に、パジャマのままだらりとすわってテレビを見ていた。

おれをとがめるそぶりはない。やっぱり、連絡はいっていないようだ。

「家にいたんだ」

声をかけると、

「外、寒《さむ》いから。それにレンタル半額《はんがく》だったから」

かあさんは海外ドラマのＤＶＤ《ディーブイディー》を何本もかりていた。

「見ているあいだ、話しかけないでよ」

「夕ごはんは？」

「あとでなにか出前とるから、話しかけないで」

テーブルの上には、ちぎりかけの弁当屋《べんとうや》のクーポン券《けん》と、店屋《てんや》もののチラシが何枚《なんまい》もおかれていた。

「あ、そういえば一秋《かずあき》、来週、誕生日《たんじょうび》じゃない？」

話しかけるなといいながら、かあさんは思いだしたようにいった。

「……ああ」

「プレゼントなにがほしい？　夕ごはんは、おすしとろっか。いちごがのったケーキも買ってさあ。一秋、いちごすきでしょ？」

おれの誕生日《たんじょうび》、おぼえてたんだ……。

来週が運動会《うんどうかい》ってことは知らないけど、かあさんは、おれの誕生日をちゃんとおぼえていた。

目はテレビにくぎづけのままだったけど、それでも、おれはうれしかった。

プレゼント、なににしよう。

じっくり考えよう。

「誕生日、とうさんも帰ってくるかな？」

おれは、さりげなくきいてみた。

緊迫《きんぱく》した場面《ばめん》になったのか、テレビ画面からサスペンスをかんじさせる不穏《ふおん》な音楽が流《なが》れてきた。画面のなかで、金髪《きんぱつ》の男女が、はげしい言いあらそいをしだす。暗《くら》い音楽にまじって、かあさんの声がひびく。

「知らない」

つめたい声だった。

「いいじゃないべつに、おとうさんのことなんか。ふたりでおすし食べようよ。どうせ、いつもいないいんだから」

かあさんは、また海外ドラマに夢中《むちゅう》になった。

おれは、一度《いちど》もかあさんの目を見られなかった。

テレビ画面《がめん》のなかで、さっきの金髪《きんぱつ》の女が、いかにも悪者《わるもの》っぽいそぶりで、男になにかしようとたくらんでいる。

ちょうどそのとき。

ピンポーン。

玄関《げんかん》のよびだし音が鳴った。

「もうー、いいとこなのに。一秋《かずあき》出て」

めんどくせえなあと思いながらも、おれは玄関にむかった。そして、インターホンのカメラを見てぎょっとした。

なんと、玄関の外にいたのは、春山《はるやま》と夏木《なつき》と、そのうしろにちぢこまるようにつっ立っている、四季《しき》だった。

なんであいつらが家に来るんだよ？

まさか、昼間なぐったことを、文句《もんく》いいに来たのか？

このまま無視《むし》してやろうと思ったけど、よびだし音は何度《なんど》も鳴った。

ピンポーン。

ピンポーン、ピンポーン、ピンポーン。

「一秋《かずあき》、はやく出て！」

かあさんがヒステリックにさけぶ。

おれは、しかたなく玄関《げんかん》とびらをあけた。

こうなったら、さっさと追《お》っぱらおう。

「なんだ、てめえら！」

とびらをあけるなり、おれはどなった。けれども、春山と夏木はまったくひるまず、見かえしてきた。決意《けつい》をこめまくったってかんじの顔で。

いちばんに口をひらいたのは、春山だった。

「伊地知《いちじ》、今日という今日は、あんたに文句《もんく》をいいに来た！」

は？　なんだと！

よく見ると、ふたりのうしろにいる四季《しき》は、おろおろした顔をしていた。むりやりここにつれてこられたってかんじだった。

「人の家に勝手《かって》に来るなよ、帰れ！」

「いっとくけど」

夏木が、するどい声でいった。

「わたしたちだって、こんなことしたくないんだよ。だいたいわたし、こんなことやってるひまなんかないんだから。このあと、塾《じゅく》だってあるし。だけど、わたしたち、どうしてもあんたがゆるせないの」

にくたらしいほど冷静《れいせい》で、たんたんとした口調《くちょう》だった。

「伊地知、わたしたち考えたの。なんで伊地知はこんなにいじわるで、最低《さいてい》な

人間なんだろうって。それで行きついた答えが、伊地知《いちじ》はちゃんと親に教育《きょういく》されていないんじゃないかってこと。あんたがいじわるなのは、あんたをちゃんと教育していない、あんたの親のせいなんだよ。だから伊地知、あんたのおかあさんを家からよんできて。わたしたちが注意《ちゅうい》するから」

はあ⁉

「ふざけんなっ！」

こいつら、頭がおかしいんじゃねえか？　おれの親を注意するだと？　なにさまのつもりだよ！

「帰れっ！」

おれは玄関《げんかん》とびらをしめようとした。だけど、予想《よそう》していたのか、春山が体操服《たいそうふく》のふくろを、むりやりとびらのすきまにおしこんだ。

「やめろよ！」

「伊地知のおかあさん。出てきてください！　ちょっとお話があります。おねがいです、出てきてください」

「出てこなくていい！」

おれは大声を出して、春山の声をかきけそうとした。

「あの、あの、ましろちゃん、アンナちゃん、えっと……、もう、やめましょう……」

怒《いか》りまくっているふたりのうしろで、四季《しき》はいまにも泣《な》きそうな顔をしていた。左のほおにはったシップがとれそうになっている。

「ダメだよ、和也《かずや》くん！」

春山がさけぶ。

「そうだよ、四季くん」

夏木も強い口調《くちょう》でいう。

「くやしくないの？　今日、伊地知《いちじ》が四季くんにしたこと、いったこと、ちゃんと伊地知のおかあさんにいわないとダメだよ。どれだけ自分の子が最低《さいてい》なことをしたか、ちゃんと知らせないとダメ!!」

「だけど、だけど……」

四季《しき》は、おろおろとこまった顔をするばかりだった。

「ちょっと、さっきからなにしてるの？　うるさいわね」

リビングから、かあさんが出てきた。おれはさけんだ。

「来なくていい！」

だけど、かあさんは玄関《げんかん》に出てきてしまった。

「来るなっていっただろ！」

見られたくないんだ、かあさんを。

玄関の外に出てきたかあさんは、だらりとしたガウンに、下はパジャマという、だらしないすがただった。

はずかしくてたまらない。これなら、もっさりしたトレーナーとズボンのほうが百倍《ひゃくばい》ましだ。

こんなかあさん、見られたくない……。

「伊地知《いちじ》のおかあさんですか？」

春山がきく。

「そうだけど、なに？　あなたたち？　あそびに来たの？」

かあさんが、目の前にいる春山と夏木と四季《しき》を見おろす。少しおどろいているようだ。

「悪《わる》いけど、こんどにしてね」

とびらのむこうにさろうとするかあさんを、春山がよびとめる。

「まってください！　あたしたち、あそびに来たんじゃありません」

「うるせえっ！　おまえら、とっとと帰れ！」

おれはどなり、かあさんはふりかえった。

「じゃあ、なにしに来たの？」

「討《う》ちいりです」

夏木のりんとした声がひびく。

「ウチイリ？」

「ウチイリってなに？」

かあさんと春山の声がかさなる。

夏木は、首をかしげる春山に、少しあきれた顔をしながら「敵《てき》の陣地《じんち》に攻《せ》めいることよ」とさらりといった。そして、いっきにまくしたてた。

すさまじかった。

夏木は、いままでのおれの悪事《あくじ》を理路整然《りろせいぜん》と、すべて、かあさんに話した。おれが四季《しき》をいじめていること。リレーで一位《い》にならないと、なぐるとおどしたこと。四季と四季の母親を「バカ」だとののしったこと。そして、四季をなぐったこと。どう考えても、すべておれが悪《わる》いということを、とことん力説《りきせつ》しやがった。

さらに、おれがどうしようもない、いじめっ子であること。授業妨害《じゅぎょうぼうがい》をして、みんなをこまらせていること。そうじ当番や給食《きゅうしょく》当番をさぼりまくっていること。非協力的《ひきょうりょくてき》で、クラスのみんなにいつもめいわくをかけていること。そして、春の遠足で班行動《はんこうどう》をみだしたことまでも、ことこまかに、なにからなにまでいいやがった。すべて告《つ》げ口《ぐち》しやがった。

しかも、おれのいちばんのひみつ、ズボンがやぶけてパンツ一丁《いっちょう》になったことまで話しやがった。

夏木の話しかたは冷静《れいせい》で、まるで裁判官《さいばんかん》のようだった。一秒《びょう》も口をはさむすきがなかった。おれは夏木をだまらせることができず、かあさんは、かなりおどろいていた。春山は、せいいっぱいおれをにらみ、四季《しき》は、目をぐるぐるまわしていた。

そして、さいごに夏木はこういった。

「――伊地知《いちじ》がこんなにもいじわるで、ひどいのは、はっきりいって、おかあさんの教育《きょういく》が悪《わる》いからだと思います。なんとかしてください」

かあさんは、ぼうっとした顔で、春山と夏木と四季《しき》を見つめていた。
明らかに動揺《どうよう》している。
おれは顔をそむけ、かあさんから目をそらした。
沈黙《ちんもく》が流《なが》れる。
しばらくして、かあさんがぽつりといった。
「一秋《かずあき》……」
名前をよばれたけど、おれは、かあさんのほうをむくことができなかった。
だけど、かあさんがおれを見つめているのをかんじる。
「あんたって、悪《わる》いのは知ってたけど……、こんなにひどかったの……」
信《しん》じられないことに、かあさんはショックをうけていた。
それに、もしかして、悲《かな》しんでいる……？
おれとかあさんのあいだに、どうしようもないほど重《おも》たい空気が立ちこめた。
そのとき、

「でも、あの、えっと……」

とつぜん四季《しき》がしゃべりだした。

「でも、でも……、えっと……、一秋《かずあき》くんは、走るのがはやいです」

は？　いきなりなにいってんだ、こいつ？

「それに……、えっと……、一秋くんは、運動会《うんどうかい》のリレーのアンカーなんです。とても、すごいんです。……すごいんです」

「ちょっと四季くん、なに敵《てき》をかばうようなこといってるの？」

夏木が、注意《ちゅうい》する。

「そうだよ。和也《かずや》くんはヒガイシャなんだよ。いやだったこと、ちゃんといわなきゃ。これ以上《いじょう》、伊地知《いちじ》にいやなことをされないように」

春山も怒《おこ》った顔でいう。

四季は、春山と夏木にせめられながらもいいつづけた。

「だけど、だけど……、おかあさんの前で、えっと、自分のこと、えっと……、悪《わる》くいわれたら、すごく……、悲《かな》しいです……」

むねがチクリとした。

なんだよ、それ……。

もしかして、おれをかばおうとしてるのか？

バカにするなよ、おれは、おまえなんかにかばわれたくねえんだよ。

そんなこというな！

四季《しき》は、いっしょうけんめいな顔で、まだいいつづけようとした。

「えっと、それで、あの、伊地知《いちじ》くんは、とっても、すごいんです……！」

「やめろ！」

おれはさけんだ。

「おまえ、バカか！　おれは、おまえをいじめたんだぞ！　おれのことなんかかばうな！」

四季が、びくりとする。

「だいたい、おまえなんか、なんにもできねえくせによ！　足もおせえし、おれよりなにもできねえくせに、それなのに、なんで、なんで……、いつも楽しそうなんだよ！　五年にもなって、母親と仲《なか》よく手なんかつなぎやがって！　笑《わら》ってんじゃゃねえよ！　むかつくんだよ！　おまえなんか、おまえなんか……、一生泣《な》いてればいいんだよ！　バカヤロウが！」

めちゃくちゃにさけんでいた。

最悪《さいあく》だ。

最悪すぎる……。

おれは、このバカをののしりながら、このバカのことがうらやましかったんだと、気がついてしまった……。

「おまえなんか、一生泣いてろ！」

「いいかげんにしなよ！　伊地知《いちじ》！」

春山と夏木が、四季《しき》の前に立ちはだかる。

「伊地知《いちじ》のおかあさん！　伊地知って、こんなやつなんです！　ほんとうに、どうにかしてください！」

かあさんは、目の前のあまりの出来事《できごと》に、ただおどろいていた。

四季《しき》が、しぼりだすようにいった。

「ぼく、泣《な》きません……」

「おまえなんか泣け、バカ！」

おまえなんか、悲《かな》しがれ。

四季のかたがふるえ、小さな目に、なみだがもりあがる。

「……ぼ、ぼく……、学校で、一秋《かずあき》くんに、おかあさんのこと……、バカっていわれたとき、悲しくなりました。でも……、泣きません」

四季は、めがねをはずして、太い手でぎゅっと両目《りょうめ》をおさえた。のどをひくひくさせて、顔をひきつらせる。

「だって、だって……、ぼくが泣いたら……、おかあさん……、泣くから……」

めがねをかけなおした四季《しき》の目は、真《ま》っ赤《か》だった。左ほおのシップがはらりと落《お》ちる。

「ぼく、泣《な》きません」

だけど、四季《しき》の目には、なみだがあふれていた。四季が、またぎゅっと目をおさえる。春山がごそごそとポケットをさぐる。それよりもはやく、夏木が四季にハンカチをさしだした。

「あ……、ありがとうございます」

四季はかたをふるわせながら、夏木のハンカチをうけとって目にあてた。

なんだよ、これ。どうすりゃいいんだよ、この状況《じょうきょう》。

おれはもう、なにをどうしたらいいか、わからなくなった。

春山と夏木が、四季を見まもるように見つめている。

おれは、ただ、バカみたいにつっ立っていた。

すると、

「ごめんなさい……」

とつぜん、小さな声がした。

おれはハッと顔をあげた。

かあさんの声だった。

かあさんは、だらりとおろした手でパジャマのすそをにぎりしめ、だんごのようにかたまった春山たち三人を、たるんだ目で見つめていた。

「ごめんなさい……、わたしのせいだわ」

かあさんはもう一度《いちど》いった。

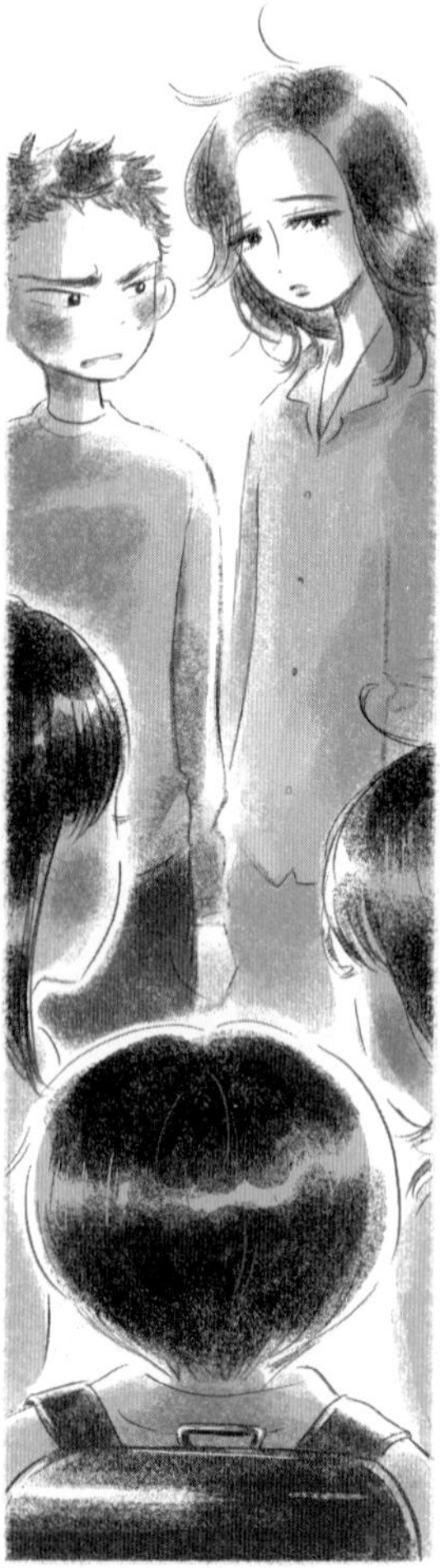

くしゃくしゃの髪《かみ》で、化粧《けしょう》もしていない、パジャマすがたのかあさん。

ほんとうはきれいなのに、はずかしくてたまらない……。

だけど、それよりも、おれのせいでこいつらにあやまったかあさんが、はずかしいのをとおりこして、信《しん》じられなかった。

「あなたたちって、すごいのね……」

かあさんが、春山と夏木を見つめる。さっきまでにらむような目つきだった春山と夏木が、ふしぎそうな顔でかあさんを見つめかえす。四季《しき》は、ぐずぐずと鼻《はな》をすすっていた。

「もう、一秋《かずあき》には、二度《にど》といじわるはさせないから。ごめんなさい……」

かあさんは、四季にむかって深々《ふかぶか》と頭を下げた。長いこと頭を下げつづけるかあさんに、春山と夏木はとまどいながらも、うなずいた。

「……はい」

「わかってくれたのなら、いいです」

四季《しき》は、まだ鼻《はな》をすすっていた。

「それじゃ」

かあさんが玄関《げんかん》とびらをあける。家のなかにはいろうとしたときだった。

とつぜん夏木が、かあさんの背中《せなか》にむかっていった。

「ちょっとまってください、伊地知《いちじ》のおかあさん」

かあさんが立ちどまる。夏木の目がゆれている。もえるような目だった。

コイツ、まだなにかいうつもりなのか。

「さいごにひとつ、おねがいがあります」

かあさんがふりかえる。

「なに?」

夏木の目は、異様《いよう》なほどらんらんと光っていた。決心《けっしん》するように大きく息《いき》をすうと、夏木はりんとした声でいった。

「来週の運動会《うんどうかい》、伊地知にちゃんとお弁当《べんとう》をつくってあげてください」

春山がおどろいた顔で、夏木を見つめる。

「なにいってるの？　アンナ？」

「だって……、春の遠足のとき、伊地知《いちじ》、コンビニ弁当《べんとう》だったから。たぶん、伊地知、おかあさんに遠足があることをいってなかったんじゃない？」

「そういえば……、伊地知、コンビニ弁当だったね」

春山がつぶやく。

「べつに、伊地知がコンビニ弁当をすきならいいんだけど……」

かあさんは、春山と夏木と四季を順番《じゅんばん》に見ると、さいごにおれを見つめた。

「運動会《うんどうかい》、来週のいつなの？」

「七日」

「そう……、わかった」

うなずくと、かあさんは玄関《げんかん》のなかにはいっていった。

おれは、なにをいっていいのかわからないまま、ふりかえっていた。

春山と夏木が、おれのことをじっと見ていた。にらんではいなかった。四季《しき》はこまった顔をしていた。でも、もう泣《な》いてはいなかった。

こいつら、わけわかんねえ……。

文句《もんく》をいいにきたんじゃねえのかよ。なんでいきなり、おれの弁当《べんとう》のことなんかいいだすんだよ。

関係《かんけい》ねえだろ。

ていうか、なんで遠足のときのおれの弁当のことなんか、おぼえてんだよ。あんな、落《お》とした弁当のことなんか……。

わけわかんねえ。

「あ、あの、それじゃあ、ぼくたち、帰ります……。バイバイ、一秋《かずあき》くん」

四季がバカていねいに手をふってうしろをむく。春山と夏木もうしろをむいて、三人が歩きだす。三人の背中《せなか》が遠ざかっていく。

口が勝手《かって》に動《うご》いていた。

自分の声とは思えないほど、かすれた声だった。

「四季《しき》……」

四季の背中《せなか》がぴくりとして、立ちどまる。

「悪《わる》かった」

早口でいうと、おれは玄関《げんかん》にとびこんだ。

四季がふりむいたかどうかはわからない。春山と夏木がどんな顔をしていたかなんて、想像《そうぞう》すらしたくない。だけど、がっちりしめた玄関とびらのむこうから、バカみたいに大きな四季の声がきこえてきた。

「ぼ、ぼく、だいじょうぶです！」


家のなかにはいると、霧《きり》が立ちこめたみたいにうす暗《ぐら》かった台所《だいどころ》に、電気がついていた。

うすいオレンジ色の光のなかで、ガチャガチャと食器《しょっき》がふれあう音がする。

シンクにたまった食器《しょっき》や、カップめんの容器《ようき》をかたづけながら、かあさんがいった。

「一秋《かずあき》、ちょっと、きいてくれる?」

おれは、かあさんの背中《せなか》をぼんやり見ながら、「ああ」とうなずいた。

かあさんは、おれにいろいろなことを話した。

数年前から、かあさんととうさんの仲《なか》がうまくいってないこと。それが原因《げんいん》で、やさしい気持ちになれなかったこと。いままでのやる気のない生活をどうにかしないといけないと思っていること。ちゃんと生きていきたいと思っていること。遠足の日に弁当《べんとう》をつくらなかったこともあやまってきた。そして、学校の連絡《れんらく》はちゃんとつたえるようにともいってきた。いままでろくにききもしなかったくせによ、と思わないでもなかったけど。

それでも、とにかく、信《しん》じられないくらいかあさんは、おれにいろいろなことを話した。野菜《やさい》を切ったり、お湯《ゆ》をわかしたりしながら。

もちろん、人をいじめることが、どれだけ悪《わる》いことかっていうことも……。

おれは、台所《だいどころ》のすみにだらりとすわったままきいていた。

ジャージャー流《なが》れる水の音はうるさかったけれど、じゃぐちをとめてほしくはなかった。かあさんが、話しながら泣《な》いているのがわかったから。

「おかあさん、もう、おとうさんといっしょにいるのが、つらいの……。いろいろあって、ゆるせないの……。もう、別《わか》れるかもしれない……。ごめんね」

知ってるよ。前から気づいてたよ。

「でも、おかあさん、一秋《かずあき》とは、いっしょにいたい」

おれはひざのあいだに顔をうずめて、ぐっと体に力をいれた。

「おとうさんのほうには、行かないで」

おれは強い。

強い、強い、強い、強い。

「おかあさん、こんなんだけど、いっしょにいて」

おれは強い。心だってかたくした。

それなのに、ぼろぼろとなみだがこぼれて、のどの奥《おく》がやぶれたみたいにいたくなった。

「……とうさんのことは、もう、いい」

かあさんがつらいんだったら、別《わか》れればいい。

「おれは……」

ふるえる声で、おれはせいいっぱいいった。

「かあさんといる」

それから、おれとかあさんは、泣《な》きまくった。

こんなにも泣いたのは、幼稚園《ようちえん》以来《いらい》かもしれない。

そのうち、炊飯器《すいはんき》から、ピーッと、ごはんがたける合図の音がして、野菜《やさい》いためが焼《や》けるこうばしいにおいがただよってきた。

「今日はこれしかつくれないけど、夕飯《ゆうはん》にしようか」

かあさんが、コンロの火をとめて、ゆげの立つフライパンをもちあげた。

「そういえば、さっきの子たちがいってたけど、一秋《かずあき》、春の遠足のとき、ズボンがやぶけたのね、たいへんだったわね」

いきなりなにをいいだすかと思えば。おれは、たぶん赤くなっている目と、ほおをかくしながら、「ああ」とだけこたえた。

「パンツ一丁《いっちょう》になったあと、どうしたの？」

あのときの記憶《きおく》は、一ミリだって思いだしたくないのに、どうしても気になると、かあさんがいうから、おれはしかたなく話した。

四季《しき》に上着《うわぎ》をかりて、こしに巻《ま》いてその場をしのいだこと。太った四季の上着はデッカくて、まじで助《たす》かったこと……。

「四季くんって、あのぽっちゃりした、めがねの男の子よね？」

「あ、ああ」

「下の名前は、なんていうの？」

「……ああ、すごくやさしい子ね……」

「和也《かずや》」

「和也くんか、一秋《かずあき》の名前と似《に》てるね。……あの子、すごくやさしい子ね……」

「……ああ」

「あんないい子、もういじめたらだめよ」

「……ああ」

「あの元気のいい女の子たちは、なんていうの？」

「春山ましろと、夏木アンナ」

「ましろちゃんと、アンナちゃんか。討《う》ちいりなんておどろいたけど、すごい子たちだね……。強くて、やさしい子たちだね……」

かあさんは、しみじみとつぶやいた。

「強くて、やさしい子たち……」

リビングのまどをあけると、ふわりとあまいにおいがただよってきた。

あの、あまいにおいだ。

学校の校庭《こうてい》に咲《さ》いている、星みたいな、オレンジ色の小さな花。

あまったるいにおいに、気持ちがゆらぐ。

強くて、やさしい……か。

なんか、この花のにおいみたいだな。

おれだって、なれるものなら、なってみたい。

強くて、やさしい人間ってやつに。

「いいにおい、金木犀《きんもくせい》のかおりね」

かあさんが、目をつむって、鼻《はな》をくんくんする。

「キンモクセイ？」

「そう、秋になると咲《さ》く花よ。おかあさんがいちばんすきな花なの。十一年前、かずちゃんが生まれた日も、咲いていたのよ」

目をあけたかあさんが、うるんだ目でおれを見つめる。おれはあわてて目をそらした。こんなまぢかで、かあさんと目があったのは、ひさしぶりだった。

おれは立ちあがり、まどべによって深《ふか》く息《いき》をすった。
そうか、この花、キンモクセイっていうのか。
おれが生まれた日に、咲《さ》いていた花なのか……。
——キンモクセイ。
おれはこの日、生まれてはじめて、この花の名前を知った。

7 リレー特訓《とっくん》！

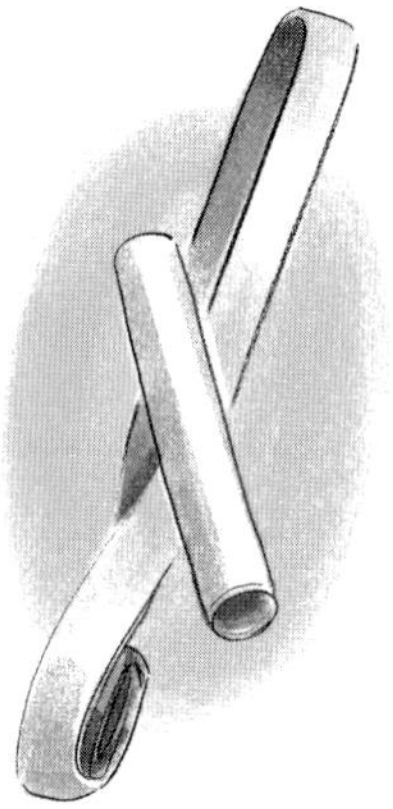

それから、運動会《うんどうかい》までの一週間ちょっと。

おれは、というか、おれたち五年三組は、運動会気分っていうやつで大もりあがりしていた。いや、もりあがっていたのは、おれたちだけじゃない。一組と二組も、運動会前のさわがしい興奮状態《こうふんじょうたい》につつまれていた。

休み時間、二組の教室から「応援合戦《おうえんがっせん》」の練習《れんしゅう》をする大声がきこえてきたと思ったら、「オーエス、オーエス」と、「つなひき」の練習をする一組の声が、二組をとびこえてきこえてきたりした。

応援合戦はともかくとして、教室でつなひきかよ？

そう思って、みんなでどやどやのぞきに行ったら、一組のやつら、すもうとりみたいに、しこをふんだり、うでずもうをしたりしていたんだ。みんなで、足と、うでの筋肉《きんにく》をきたえるつもりらしい。

「二組もがんばってるが、一組はそうとう本気だなあ。それで……、三組はどうする？」

太田《おおた》先生が、目を細めてのほほんという。

くそっ、ただでさえ一組には飛田瑠衣《とびたるい》がいるのに、これ以上《いじょう》みんなの筋力があがったりしたら、ますます勝《か》ちめがなくなるじゃねえか。

そう思っていたら、

「ねえ、三組も、ひみつのリレー特訓《とっくん》をしようよ。わたし、負《ま》けたくない！」

体育委員《たいいくいいん》の飛田瑠花《るか》がいいだした。すると、飛田のとりまきや、負けずギライのやつらが飛田のことばにのりだした。

「いいね、それ！」

「全員《ぜんいん》やるの？」

「やろうよ。昼休みと、放課後《ほうかご》も練習《れんしゅう》できるんじゃない？」

「放課後は集《あつ》まれるやつだけな、習《なら》いごとがあるやつは、ない日にやろう」

「よーし！　一組にも二組にも、負《ま》けないよ！」

「三組、ファイト！」

いつのまに五年三組は、こんなノリのいいクラスになっていたんだ？

あまり飛田《とびた》のことをよく思っていない春山《はるやま》と夏木《なつき》でさえ、飛田たちの輪《わ》に近づいていっている。四季《しき》もこわごわと、ゆっくりみんなの輪のなかにはいっていく。無口《むくち》な冬馬《とうま》も、輪のほうをむいている。そして、おれも、みんなの輪に一歩近づいた。

みんなでなにかをがんばろうなんて、ふだんのおれだったら、バカバカしくてやってられなかっただろう。でも、いまのおれに、リレー練習をやらない理《り》由《ゆう》はなかった。

リレーで勝《か》ちたい。

一位《い》になりたい。

ただそれだけだった。

いや、うそだ。ほんとうは、一位でゴールするところをかあさんに見せたい。

運動会《うんどうかい》、見にくるっていってたから。

それに、その日は、おれの誕生日《たんじょうび》だしな。

そして、おれたち五年三組A《エー》チーム十八人の「ひみつのリレー特訓《とっくん》」は、強引なところはかなりあるやつだけど、飛田瑠花《とびたるか》のしきりではじまった。B《ビー》チームのやつらも、集《あつ》まれるものどうし、練習《れんしゅう》するみたいだった。

運動会まで、のこり一週間とちょっと。できるかぎりのことをやってやる。

昼休みの教室のどまんなかに集まって、Aチームのみんなでいろいろな作戦《さくせん》を立てた。走る練習も、もちろんやらないといけないけど、おれたちは「バトンをはやく確実《かくじつ》にまわすことが大事《だいじ》」という結論《けつろん》に達《たっ》した。どれだけ足のはやいやつがいても、バトンを落《お》としたらかなりのダメージになる。そこでおれたちは、バトンのうけわたし練習《れんしゅう》を集中的《しゅうちゅうてき》にやることにした。

昼休みの校庭《こうてい》に集《あつ》まって、手ごろなふでばこをバトンがわりに、五メートルくらいあいだをあけて、走る順番《じゅんばん》にみんながならぶ。前後のものどうし、バトンをうけとるほうの手と、わたすほうの手を確認《かくにん》して、第一走者《そうしゃ》の四季《しき》から、アンカーのおれまで、何度《なんど》もバトンをわたす練習をした。

飛田《とびた》は、女王さまのようにきびしくみんなに指示《しじ》を出していた。

「うしろの人は、前の人に声をかけて、バトンをわたす！　前の人は、うしろを見ないでバトンをうけとるの！」

「ずっとスタートラインに立ってちゃダメ。うしろの人が走ってきたら、前の人はコースの内がわによって、ギリギリまでリードするの！」

「春山さん、それじゃ、おそい、リードははやく！　夏木さんは、行きすぎ。リードがはやすぎたら、うしろの人が追《お》いつかない！」

「四季《しき》、バトンくらいしっかりわたしてよ！」

高飛車《たかびしゃ》でムカつく態度《たいど》だったけど、こいつのいってることは、すべて的《まと》を射《い》ていた。ダンスをやっていて、運動神経《うんどうしんけい》がいいのも知っている。足だって、たぶん学年の女子のなかでいちばんはやいだろう。たぶん、クラスのみんなもそれはみとめている。みんなもリレーに勝《か》ちたいって気持《きも》ちはある。あんがいA《エー》チームに集《あつ》まったやつら、負《ま》けずギライが多いみたいだからな。だからみんな、それぞれ力を出しきってがんばっていた。

だけど、どうにかならないか、この態度《たいど》。

おれも、勝負《しょうぶ》にはこだわるほうだけど、さっきから飛田《とびた》は、四季のことばかり目の敵《かたき》のように注意《ちゅうい》しまくっていた。

「四季、あんた、第一走者《そうしゃ》なんだから、しっかりしてよね」

「あんたはバトンをわたせばいいだけなんだから、うけとる練習《れんしゅう》はしなくていいんだから、もっとはやく走ってよ！」

「スタートがおそい！　フライングするくらいはやくとびだして！」

おれがいうのもなんだけど、四季《しき》にそれはむずかしすぎるだろう。ていうか、ムリだろう。

四季は、大あせをかいてつらそうだった。完全《かんぜん》にへばっている。

「和也《かずや》くん、だいじょうぶ？」

とうとう春山と夏木が、四季にかけよった。

「四季くん、少し休憩《きゅうけい》しよう」

夏木が有無《うむ》をいわせない態度《たいど》でいい、春山といっしょに四季を校庭《こうてい》のすみにつれていこうとした。だけど四季は、行こうとしなかった。

「あ、あの……、ぼく、がんばります」

だけど春山と夏木は、「むりしたらダメ」と、四季をひっぱっていった。飛田は、それ以上文句《いじょうもんく》をいわなかったけど、きつい目で三人を見ていた。

まるで、少し前のおれみたいに。

そのとき、おれはふと、あのことばを思いだした。

授業参観《じゅぎょうさんかん》の日、いきなりおれに説教《せっきょう》してきた、あの魔女《まじょ》みたいなオバサンにいわれた、あのことばを。

――人をいじめる人間っていうのは、弱い人間だよ――

わすれられないことばだった。

――強い人間は、けっして人をいじめない。どんなにいやなことがあってもね。それどころか、いやなことがあっても人にやさしくできるんだよ――

そんなむずかしいこと、できるかよ。

でも……。

もし、このことばがほんとうだったら。もし、このことばどおりにすることができたら、おれは強くなれるんだろうか。

また、あのオバサンの声がよみがえってくる。

――で、あんたは弱い人間？　それとも、強い人間？――

おれは、ふらりと飛田《とびた》に近づいた。

なにをするつもりなのか、なにをいうつもりなのか、自分でもわからない。

だけど、おれは飛田にむかっていっていた。

「もう、四季《しき》をせめるな」

「は？」

飛田は、さっきまで春山たちをにらみつけていたキツイ目を、おれにむけた。

「あんた、あんなノロいやつのこと、かばうの？」

「あいつは、じゅうぶんがんばってる」

「だけど、このままじゃ、四季のせいでビリになっちゃう！」

「四季がおくれたぶんは、おれがとりもどす」

飛田は、一瞬《いっしゅん》真顔《まがお》になってから「はあ？」といった。

おれも、自分自身《じしん》に「はあ？」だった。

おれ、いま、なんつーことをいっちまったんだ。

バカか？　おれ。

でも……。

いっちまったからには、やるしかねえ。

おれと飛田《とびた》のあいだに、なんともいえないへんな空気が流《なが》れつづけた。だけど飛田は、おどろきすぎたのか、もうそれ以上《いじょう》なにもいってこなかった。

花壇《かだん》のすみに四季《しき》を休ませた、春山と夏木がもどってきた。

おれたちはリレーの練習《れんしゅう》を再開《さいかい》した。

校庭《こうてい》の土が、秋の風にまいあがる。

もう運動会《うんどうかい》まで日がない。

昼休みの練習と、放課後《ほうかご》の練習がくりかえされていく――。

放課後の練習は、全員《ぜんいん》が集《あつ》まれるわけじゃなかった。時間も短《みじか》かった。だけど、おれたちA《エー》チームは、それでもなんとかまとまっていった。

飛田は、もう四季をせめなかった。

飛田《とびた》が、おれのいうことをこんなにすなおにきくとは、かなりおどろきだった。飛田がせめなくなって、四季《しき》ものびのび練習《れんしゅう》するようになった。あいかわらず、すっげートロかったけど、あいつはあいつなりにがんばっていた。大あせをかきながら。もちろん、ほかのメンバーたちも。

そしておれたちは、日を追《お》うごとに、バトンをスムーズに、はやくわたせるようになっていった。バトンをうけとるときのリードも、みんなタイミングをつかんでいった。運動会《うんどうかい》前日の最終《さいしゅう》練習は、かなりいいセンまでいっていた。気分が高まっていく。

とうとう、あした😀だ。

8 強く、やさしく

十月七日、運動会《うんどうかい》当日。

空は、どこまでもつきぬけるような青色で、文句《もんく》なしの晴天だった。

暑《あつ》いぐらいの日ざしのなか、校庭《こうてい》にはりめぐらされたカラフルな旗《はた》の下で、競技《きょうぎ》と演技《えんぎ》が着々《ちゃくちゃく》とおこなわれていった。

「つなひき」は、白組の二組に勝《か》って、赤組の一組に負《ま》けた。

やっぱり、しこふみと、うでずもうできたえた筋力《きんりょく》はダテじゃなかった。

「徒競走《ときょうそう》」は、おれはとうぜんぶっちぎりの一位《い》。すっげー気持《きも》ちよかった。黄色組の三組の得点《とくてん》を、かなりアップしてやった。

たったいまはじまった「五年生保護者《ほごしゃ》による玉いれ」は、四季《しき》の母親がめちゃくちゃ活躍《かつやく》していた。階段《かいだん》においたせんたくかごに、まるめたくつしたを投《な》げた練習《れんしゅう》の成果《せいか》だろう。

おれのかあさんも、ひとつくらいは、かごにいれているのか？

もし、ころんだりなんかしていたらと思うと、見ていられなかった。

玉いれには、あの魔女《まじょ》みたいなオバサンも参加《さんか》していた。

授業参観《じゅぎょうさんかん》の日、おれにいろいろなことをいってきた黒のスーツのオバサン。今日は、黒いジャージすがたで、気合いのはいったかっこうをしていた。長い髪《かみ》をふりみだし、四季《しき》の母親にヒッテキするくらいのいきおいで黄色い玉を投《な》げまくっていた。ほんとう、魔女みたいにすさまじかった。

それにしても、いったいだれの母親なんだ……？

玉いれの結果《けっか》は、信《しん》じられないことに、三組保護者チームのダントツ一位《い》だった。一組にも二組にも大差《たいさ》をつけての黄色組の大勝利《だいしょうり》だった。

親たちは、子どもみたいに勝利《しょうり》をよろこんでいた。おどっている父親もいた。黄色い玉をお手玉のように投《な》げてはしゃぐ母親もいた。四季《しき》の母親も、四季にむかってちぎれるほど手をふっていた。黒いジャージの魔女《まじょ》みたいなオバサンも、とびはねてよろこんでいた。

そっとかあさんを見ると、まわりの親たちとまじって、にこにこ笑《わら》っていた。まぶしい太陽をあびたかあさんの顔が、きらきらと光っていた。

「それでは、つぎは、午前の部《ぶ》の最終競技《さいしゅうきょうぎ》、五年生による『クラス対抗全員《たいこうぜんいん》リレー』です。選手《せんしゅ》のみなさん、入場してください」

とうとうだ。

入場門前の待機場所《たいきばしょ》にあるスピーカーから放送《ほうそう》が流《なが》れ、おれは立ちあがった。アンカーのたすきが首にからまって、一瞬《いっしゅん》あわててしまった。地面《じめん》をふむ足がふわふわする。体に力がはいらない。

なんだこれ？

もしかして、おれ、緊張《きんちょう》しているのか？

見ると、Ａ《エー》チームのみんなも、どこか落《お》ちつかないようすだった。四季《しき》なんか、すでに冷《ひ》やあせたらたらの青白い顔をしていた。そんな四季に、春山《はるやま》と夏木《なつき》がはげますようになにかいっている。Ｂ《ビー》チームのアンカー冬馬《とうま》も、心配《しんぱい》そうに四季を見ていた。

入場門をくぐって、バトンのうけわたしをする二か所《しょ》の待機《たいき》場所に分かれる寸前《すんぜん》、前にいた飛田《とびた》がきゅうにふりかえって、おれをにらんだ。

「伊地知《いちじ》、四季がおくれたら、ぜったいとりもどしてよ！　わたし、負《ま》けるの大っキライだから」

すっげープレッシャー。ほんと、ようしゃねえな、こいつ。

「いわれなくてもわかってる」

「ならいい。……わたしも、がんばるし」

そういうと、飛田は校庭《こうてい》の反対《はんたい》がわへかけていった。

おれだって負《ま》けたくない。ぜったい負けたくない。

たとえ四季《しき》がおそくて、ビリでバトンがまわってきても、おれは走る。

一位《い》めざして思いっきり走る。力いっぱい走る！

スタートラインにならんだ四季に、おれはまっすぐむかっていった。

「四季」

四季の体は、見るからにこわばっていた。

「バトン、落《お》とすなよ」

「は……、はい」

「体の力をぬけ」

「は、はい」

「ビリでもいいから、がんばって走れ！」

「はい！」

スタートのピストルが鳴って、第一走者《そうしゃ》六人がいっせいに走りだした。

四季《しき》は、やっぱりスタートから出おくれた。だけど、思いっきり走っていた。大はばおくれのビリだったけど、ものすごくがんばっていた。

気合いのこもった大声援《だいせいえん》のなか、おれたち五年三組A《エー》チーム十八人の黄色いバトンは、ほかのチームに追《お》いついたり、はなされたりしながら、みんなの手から手へとわたっていった。ほかのチームのバトンは落《お》ちたり、すっぽぬけたりしていたけど、おれたちのバトンはしっかりわたっていった。

息《いき》のつまる接戦《せっせん》もあった。春山と夏木も、すっげー必死《ひっし》に走っていた。そして、十六人が走って、とうとう、おれの前の飛田《とびた》にバトンがまわった。その時点で、なんと、おれたち五年三組Aチームはギリギリ四位《い》だった。かなりのキセキだ。そして飛田は、ことばどおり、ものすごい追《お》いあげを見せた。性格《せいかく》はキツイやつだけど、やっぱこいつ、はえぇ。飛田のバトンが、タイミングよくおれの手のなかにはいる。

パシッ。

景色《けしき》がコマ送《おく》りのように流《なが》れていく。なにも考えなかった。ただ、前だけを見て、全力疾走《しっそう》した。気づいたら、目の前に冬馬《とうま》の背中《せなか》があって、ゴールしていた。

ハア、ハア、ハア、ハア、ハア、ハア。

声援《せいえん》と土けむりにまじって、四季《しき》の声がきこえる。

「すごいです、一秋《かずあき》くん、すごいです！」

クラスのやつらが「やったー！　やったー！」と、バカみたいに大さわぎしている。おれは、ひたいのあせをぬぐった。

「ハア、ハア、ハア、やっぱ……、一位《い》は、一組の飛田瑠衣《とびたるい》のチームか……」

「なにいってんのよ、伊地知《いちじ》、あたしたち三位だよ！　やったじゃないの！」

春山が、鼻《はな》をふくらませてどなってきた。

「そうよ、A《エー》チーム史上最高《しじょうさいこう》の順位《じゅんい》よ！　B《ビー》チームも二位だし、三組黄色組、大量得点《たいりょうとくてん》よ！」

いつもクールな夏木までが興奮《こうふん》している。校庭《こうてい》の反対《はんたい》がわに目をやると、飛《と》田《び》が天までとどきそうなくらい、ぴょんぴょんとんでいた。ふりかえると、息《いき》をはずませた冬馬《とうま》が、かがやいた目でおれを見ていた。

選手退場《せんしゅたいじょう》のアナウンスとともに、軽快《けいかい》な音楽が流《なが》れはじめる。ぶったまげたことに、それはなんと、『スマイル・リップ』の主題歌《しゅだいか》だった。

おいおい、まじかよ、放送委員《ほうそういいん》。

春山が、ふんふんふんと『スマイル・リップ』の鼻歌《はなうた》をうたいだす。

くそっ、おれだって、リップの歌、すきなのに。だけど、うたうわけにはいかねえ。そんなことしたら、パンツ一丁《いっちょう》にヒッテキするはずかしさだ。

おれは、ぎゅっと口をとじて、むりやり顔をしかめた。

リップの歌にノッてたまるか。楽しいなんて思ってたまるか。このあと、「応援合戦《おうえんがっせん》」や「リズム組体操《くみたいそう》」だってあるんだからな。

どこからか、ふわりとあまいにおいがした。

キンモクセイのにおいだった。

ふいに、アンカーのたすきをかけた腹《はら》の底《そこ》から、あたたかいなにかがじんわりひろがって、むねがしびれたみたいに、じんとした。

上をむいて息《いき》をすったら、空が高くて、まぶしくて、すいこまれそうになった。

おれ……。

強くなりたい。

やさしくなりたい。

だっておれ、今日から、十一歳《さい》だしな。

リップの歌とともに、お昼休憩《きゅうけい》を知らせるアナウンスが流《なが》れてきた。

さあ、弁当《べんとう》だ――。

わあい お弁当《べんとう》だ！ うれしいな♪
あ！
スマイル・リップのミラーのりですね 遠足《えんそく》のときもありましたね！
……
★おまけマンガ★
一秋《かずあき》のスマイル・リップ劇場《げきじょう》
～運動会《うんどうかい》のお弁当《べんとう》～
えっと
ぼくのデザートのかきとなし おかあさんがいっぱい入《い》れてくれたので みんなで食《た》べましょう！
わぁ！ ありがと！！
ありがとう
……サンキュ
わ！
アンナのお弁当《べんとう》 超豪華《ちょうごうか》！
ふつうよ
冬馬《とうま》のお弁当《べんとう》もおいしそうだね～ くりごはんだね！
……
こくん
おれの弁当《べんとう》……
ドキドキ
ぱかっ
!!!
!?
くるっ！
どうしたの？
???
?
な…なんでもねえよ……
ミラーのり…ま…まじかよ……
4巻へつづく！
つぎは冬馬の話だよ

著者略歴

作◎井上林子 いのうえ りんこ

兵庫県生まれ。梅花女子大学児童文学科卒業後、会社勤務をへて、日本児童教育専門学校の夜間コースで学ぶ。絵本作品に『あたしいいこなの』(岩崎書店)、児童文学作品に、第40回児童文芸新人賞受賞作の『宇宙のはてから宝物』(こみねゆら絵、文研出版)、『3人のパパとぼくたちの夏』(宮尾和孝絵、講談社)、『ラブ・ウール100%』(のだよしこ絵、フレーベル館)、『2分の1成人式』(新井陽次郎絵、講談社)、『マルゲリータのまるちゃん』(かわかみたかこ絵、講談社)、『なないろランドのたからもの』(山西ゲンイチ絵、講談社)などがある。

絵◎イシヤマアズサ

大阪府生まれ。書籍の装画や日常のエッセイコミック、おいしい食べ物のイラストを制作。著書に『真夜中ごはん』『つまみぐい弁当』(いずれも宙出版)、『なつかしごはん 大阪ワンダーランド商店街』(KADOKAWA)、装画に『ゆきうさぎのお品書き 8月花火と氷いちご』(小湊悠貴著、集英社)など多数。

装丁・本文フォーマット◎藤田知子

11歳《さい》のバースデー
おれのバトル・デイズ 10月7日伊地知一秋

2016年11月29日 初版第1刷発行
2022年 3 月12日 初版第4刷発行

作◎井上林子

絵◎イシヤマアズサ

発行人◎志村直人

発行所◎株式会社くもん出版

〒108-8617 東京都港区高輪4-10-18 京急第1ビル13F
電話 03-6836-0301(代表)
03-6836-0317(編集直通)
03-6836-0305(営業直通)
ホームページアドレス https://www.kumonshuppan.com/

印刷◎株式会社精興社

NDC913・くもん出版・136P・20cm・2016年・ISBN978-4-7743-2541-5

CD 34578